KB203428

시간을 건너는 집

시간을
건너는 집

김하연 장편소설

특별한서재

하얀 운동화를 신은 당신에게

시간의 집에 오신 걸 환영합니다

차례

남자는 파란색 대문을 유심히 바라보다 안으로 들어갔다. 마당에서 남자를 기다리던 할머니가 물었다.

"잘 보여?"

"여부가 있겠습니까. 성북동까지 테스트 완료!"

남자가 장난스럽게 휘파람을 불었다. 할머니는 그제야 마음이 놓인다는 듯 빨간 우체통에 쌓인 먼지를 걸레로 힘차게 닦았다.

"이제 얼추 끝난 건가?"

"새 책들이랑 게임기도 사다 놨고, 디브이디도 최신 영화로 싹 갈았고, 음식도 오케이! 이야, 이번에는 어떤 손님들이 올지 긴장되네요!"

남자는 낄낄거리며 앙상한 두 손을 마주 비볐다. 할머니는 가늘게 뜬 눈으로 높은 담장을 올려다봤다.

"이번에는 생각보다 빨리 열렸어."

"저도 깜짝 놀랐어요. 주기가 점점 짧아지고 있어요."

"힘든 아이들이 그만큼 많다는 뜻이겠지."

할머니는 남자의 옷차림을 보며 혀를 찼다.

"시간이 아무리 흘러도 그 경망스러운 옷들은 바뀔 생각을 안 하네."

"또 타박이시네. 나이 들었다고 이런 옷을 못 입는다는 법은 없어요. 제가 누님보다 10년은 젊어 보이는 건 다 이런 센스 있는 의상 덕분이라고요."

할머니는 귀찮다는 듯이 손을 내저었다.

"그래그래. 때 타기 전에 빨리 그 운동화나 벗어."

남자는 할머니를 향해 한쪽 팔을 점잖게 내밀었다.

"들어가서 와인이나 한잔하시죠?"

시간을 건너는 집

8월

1

선미는 신발장에 든 하얀 운동화를 바라보았다. 운동화는 이틀 전부터 선미의 눈높이에 정확히 일치하는 칸에 놓여 있었다. 아빠에게 운동화에 대해 물어본다는 걸 오늘도 잊어버렸다. 다음 달이면 선미의 생일이다. 아빠가 미리 준비한 생일 선물이거나 개학 축하 선물일 것이다.

운동화는 하얀 갑피에 하얀 끈, 심지어 밑창까지 하얀색이었다. 상표도, 발 사이즈 표시도 없다. 선미는 운동화가 마음에 들지 않았다. 엄마를 보러 지겹게 드나드는 병원이 떠올랐기 때문이다. 이틀 전, 선미는 새 운동화를 꺼냈다가 신발장에 도로 집어넣었다. 그리고 언제 빨았는지 기억도 나지 않는 때 묻은 운동화를 신고 학원에 갔다.

하지만 오늘은 새 운동화를 신어 보기로 했다. 선미는 하얀 운동화를 꺼내 현관 바닥에 내려놓았다. 2학기가 시작되는 첫 날이다. 낡은 운동화보다는 새 신발을 신고 학교에 가고 싶다.

유명한 상표면 더 좋았겠지만 이 운동화도 싸구려처럼 보이지는 않았다. 선미는 운동화를 신고 제자리걸음을 걸었다. 발에 딱 맞는다. 뒤꿈치 부분이 까슬하지도 않다.

상자에라도 좀 담아 주지. 선물을 이렇게 주는 사람이 어디 있어?

하지만 선미도 알고 있다. 아빠한테는 지금 운동화를 예쁘게 포장할 여유 따위가 없다는 걸.

***

마을버스에서 내리자 더운 바람이 얼굴에 불어닥쳤다. 승객들로 가득 찬 버스 안에서 발을 밟히지 않으려고 갖은 애를 썼다. 신발장에 아무렇게나 집어넣었을 때가 무색하리만큼 지금은 운동화를 더럽히고 싶지 않았다.

버스 정류장을 지나 오른쪽 길모퉁이를 돌자 쭉 뻗은 길이 보였다. 길 양옆에는 높은 담장에 둘러싸인 고급스러운 주택들이 띄엄띄엄 늘어서 있다. 이 길을 따라 십 분 정도 걸으면 가원여자고등학교의 후문이 나온다.

선미는 엄마 생각을 억지로 떨쳐 버리며 씩씩하게 걸음을 옮겼다. 발이 어찌나 편한지 집에 있는 낡은 운동화는 당장 버려야겠다는 생각이 들었다. 운동화를 내려다보며 걷던 선미는 길에 서 있던 할머니와 부딪칠 뻔했다. 선미는 놀라서 고개를 번쩍 들었다.

"죄송합니다."

"반가워요, 학생. 선택받은 걸 축하해요. 잠깐 들어왔다 갈래요? 벌써 한 친구가 와 있는데."

선미는 할머니 등 뒤에 선 파란색 대문을 바라보다 고개를 들었다. 담장이 어찌나 높은지 안에 있는 저택은 2층만 간신히 보였는데, 이상하게도 창문이 하나도 없었다. 담장은 흔히 볼 수 있는 자주색 벽돌을 쌓아서 만들었다. 매끈한 회색 시멘트나 고급스러운 황토색 벽돌로 만든 다른 저택들의 담장에 비하면 훨씬 소박한 분위기다. 다섯 달 동안이나 똑같은 길을 다녔는데 이런 집을 본 기억은 없다.

뭔가 께름칙하다.

"사람을 잘못 보신 것 같은데요."

"학생이 맞아요. 그 운동화를 신었잖아요."

엉뚱한 소리를 하는 걸 보니 치매에 걸린 노인 같았다. 하지만 그렇게 단정 짓기에는 할머니의 외모가 너무나 단정했다. 얼굴 곳곳에 팬 주름은 미소 띤 입매와 어우러져 온화한 분위기를 풍겼고, 새하얀 머리는 깔끔하게 틀어 올렸다. 베이지색 민소매 원피스에 걸친 얇은 하얀 카디건은 할머니의 마른 몸에 멋스럽게 어울렸다.

선미는 또박또박 말했다.

"이 운동화는 저희 아빠가 사 주신 거예요."

할머니는 두 손을 가지런히 모은 채 고개를 갸웃했다. 과연 그럴까, 라고 말하는 듯했다.

"모두 네 명의 친구들이 그 운동화를 갖게 됐어요. 이 집은 그 운동화를 신은 친구들에게만 보인답니다. 넷이 다 모여야 이야기를 시작할 수 있지만, 잠깐만 들어왔다 가요. 함께 지낼 친구와 인사라도 나누면 좋으니까."

한여름의 따가운 햇볕이 선미의 눈을 찔렀다. 짜증이 확 솟구쳤다. 잘 차려입었다고 치매에 걸리지 않았다는 보장은 없다. 할머니는 선미의 마음을 알아챈 것 같았다.

"겁내지 말아요, 학생. 나 이상한 사람 아니에요. 그 신발을 가진 친구는 엄청난 기회를 얻을 수 있어요."

선미는 황급히 걸음을 옮겼다. 할머니가 뒤에서 팔을 잡는 바람에 하마터면 비명을 지를 뻔했다.

"이번 주 금요일 다섯 시에 꼭 이 집에 들러요. 제발 기회를 놓치지 말아요."

"도대체 무슨 말씀이세요? 무슨 기회요?"

할머니는 선미를 간절한 눈으로 바라봤다.

"네 엄마를 살릴 수 있는 기회."

선미는 할머니의 팔을 뿌리치고 쭉 뻗은 길을 달렸다. 후문에 도착하자마자 가방에서 핸드폰을 꺼내 아빠에게 전화를 걸었다.

"아빠! 신발장에 있던 하얀 운동화! 그거 아빠가 내 생일 선물로 사 온 거지? 그치?"

"무슨 운동화? 네 생일 다음 달이잖아. 운동화 받고 싶니?"

아빠 목소리는 피곤으로 착 가라앉아 있었다.

"아니. 그저껜가 신발장을 열었는데 새 운동화가 있더라고. 난 당연히 아빠가 사 온 줄 알았지. 아니야?"

"글쎄……."

선미는 얼굴을 찡그렸다. 운동화를 내려다보던 할머니의 미소 띤 얼굴이 떠올랐다.

"나는 아닌데. 이모님이 사 오셨나?"

"그 아줌마가? 아빠, 지금 장난해? 끊을게."

살림을 도와주는 아주머니는 맡은 일은 빈틈없이 해냈다. 하지만 딱 거기까지. 엄마가 병원에 있다는 걸 뻔히 알면서도 엄마는 좀 어떠시냐고, 지나가는 말로도 묻는 법이 없었다. 그런 쌀쌀맞은 아주머니가 선미의 운동화를 사 왔다는 건 말도 안 된다.

선미는 하얀 운동화를 당장 벗어 버리고 싶었다. 하지만 집에 갈 때까지는 어쩔 수 없이 같은 신발을 신고 있어야 했다.

학교 수업이 끝난 뒤, 선미는 마을버스를 타기 위해 똑같은 길을 걸었다. 그 집은 여전히 같은 자리에 있었지만 할머니는 보이지 않았다. 저렇게 새파란 색의 대문을 오늘 처음 보았다는 게 다시금 이상하다는 생각이 들었다.

그 할머니는 이 운동화를 신은 아이에게만 이 집이 보인다고 했다. 어이없는 소리지만 할머니의 말이 사실이라면, 선미가 오늘 이 집을 처음 본 이유를 설명할 수 있다.

네 엄마를 살릴 수 있는 기회.

엄마가 아프다는 걸 어떻게 알았을까. 아니다. 만약 엄마가 건강했다면, 선미는 그 말을 듣고 엄마가 사고라도 당한다는 뜻인가 겁먹었을 거다. 정신 나간 노인의 말을 진지하게 곱씹는 건 어리석은 짓이다. 이 집도 당연히 이 자리에 있었을 것이다. 다른 주택들에 비해 허름해서 눈에 띄지 않았을 뿐이다. 그렇게 생각하자 마음이 편해졌다. 선미는 버스 정류장을 향해 천천히 걸었다. 하얀 운동화는 선미의 두 발을 줄곧 편안하게 감싸 주었다.

2

"어, 진짜 왔네! 없을까 봐 걱정했는데!"

강민이 자영의 맞은편 소파에 앉으며 반갑게 말했다.

"아, 저도. 고등학생이니까 바쁘실 것 같아서."

"맞아. 엄청 바쁘긴 해. 한 시간 정도 있다 바로 학원으로 가야 해. 아홉 시까지 학원 수업, 끝나고 열한 시까지는 과외. 내년에 고3 되면 더 정신없겠지?"

자영이 놀란 듯 입을 벌리자, 강민이 멋쩍게 웃었다.

"너는? 몇 시까지 학원 가?"

"학원 안 다니는데……."

이번에는 강민이 놀란 표정을 지었다.

"왜?"

"그냥……. 인강 같은 거 들으면서…… 집에서 해 보려고요."

"그것도 괜찮지. 중학교 2학년이랬지? 집에서 하다 안 되겠다 싶으면 빨리 학원으로 가. 선행 안 해 놓으면 나중에 따라잡기 진짜 힘들거든."

자영은 고개를 끄덕였다. 넓은 거실에 둘만 있으려니 어색해 죽을 지경이었다. 남자 고등학생과 이야기를 나누는 건 처음인데다 보기 드물게 잘생긴 얼굴이라 더욱 주눅이 들었다.

"아, 맞다! 오늘 아침에 말이야. 네가 나가고 십 분 정도 지났나? 새로운 멤버가 나타났어! 여자앤데 집 앞에서 할머니랑 이야기를 나누다 도망쳤대."

"도망……쳤다고요?"

　　　　　　　　시간을 건너는 집

"그래. 사실 걔가 정상인 거지. 누가 사는지도 모르는 집에 덥석 들어온 우리가 이상한 거야. 할머니가 이번 주 금요일 다섯 시에 오라는 얘기는 했다는데 걱정이야. 네 명이 다 모여야 우리를 이 집에 부른 이유를 말해 준다는데."

"의심하는 게 당연해요. 그런데…… 오빠는 운동화 어디에서 샀어요?"

"친구들이랑 강남역에서. 운동화 많이 파는 대형 체인점 있잖아. 모양은 심플해서 마음에 들었는데 아무리 봐도 상표가 없는 거야. 망설이다 일단 신어 봤는데 사이즈도 딱 맞고 진짜 편하더라고. 점원도 내가 신은 게 마지막 남은 한 켤레라고 해서 질러 버렸지. 너는?"

"엄마가……. 개학날 신고 가라고. 어디에서 샀는지는 안 물어봤어요."

"그렇구나. 현관에 우리 신발 놓인 거 보니까 꼭 커플 운동화 같더라."

강민이 웃음을 터뜨렸다. 가만히 있어도 웃는 얼굴인데 이까지 드러내며 활짝 웃자 주변까지 환해지는 느낌이다. 자영은 고개를 숙인 채 아랫입술만 잘근잘근 깨물었다.

"저 신발을 가진 아이가 모두 네 명이랬잖아. 우리 말고 나머지 두 명 중 하나는 아침에 도망친 여자애일 테고, 나머지 한 명은 누굴까? 빨리 다 모이면 좋겠다. 무슨 기회를 준다는 건지 궁금하기도 하고."

"오빠는…… 그 할머니 말 믿어요? 운동화를 신은 사람한테만…… 이 집이 보인다는 말?"

"너는 안 믿어?"

"그게…… 도무지 말이 안 되니까……."

"그 할머니 말, 진짜야. 아까 여기 오는 길에 다른 운동화를 신어 봤어. 하얀 운동화는 손에 들고. 체육 시간에만 신는 운동화가 사물함에 있거든. 그랬더니 아침에는 분명히 있었던 집이 진짜 안 보이는 거야. 와! 얼마나 놀랐는지. 그래서 하얀 운동화로 얼른 갈아 신었지. 그러면 이 집이 짠 하고 나타날 줄 알았는데 그것도 아니더라. 그래서 다시 학교로 갔다가 이쪽으로 걸어 내려왔어."

"그랬더니요?"

"아침처럼 이 집이 보였어. 신기하지?"

거실이 꽤 더웠는데도 자영의 팔뚝에 소름이 돋았다.

"놀랐구나?"

"할머니 말이 진짜일 거라고는…… 당연히 생각도 안 해 봤어요. 제가 여기 다시 온 건…… 아침에 헤어질 때 오빠가 학교 끝나고도 시간 되면 오라고 해서. 혹시…… 여기 흉가 같은 거 아닐까요? 그 할머니, 사람 맞아요?"

강민이 심각한 표정을 지었다.

"그런가? 우리가 신은 운동화는 저주받은 운동화고?"

자영이 고개를 끄덕였다. 강민이 자영에게 얼굴을 확 들이밀었다.

"나도 사람인 줄 알았지?"

자영이 비명을 지르자 강민이 신나게 웃어 댔다.

"미안, 장난이야! 대문 앞에서 할머니를 처음 만났을 때는 나도 당최 뭔 소린가 싶었어. 그때만 해도 그런 말 안 믿었다고. 할머니 인상도 좋으시고, 이 집도 왠지 낯이 익어서 뭐, 별일 있겠냐, 시간도 남았는데 잠깐만 들어갔다 나오자 싶었지. 다른 운동화를 신고 테스트해 본 건 순전히 재미 삼아서였는데 이 집이 진짜 안 보였을 때는 나도 식겁했어."

"이 집이…… 낯이 익어요?"

"응. 우리 외할머니 집이 딱 이런 주택이었거든. 저렇게 높은 담장은 없었지만."

강민은 이 집을 두려워하는 기색이 전혀 없었다. 자영은 강민을 흘끔거렸다. 새하얀 피부에 살짝 처진 눈, 웃음 띤 입매. 할머니의 손자라고 해도 믿을 만큼 둘 다 다정한 분위기를 풍긴다.

"아침에 왔다던 여자애 말이에요. 혹시…… 우리 중학교 다닐까요?"

"글쎄. 할머니 말로는 아주 똑 부러져 보인다고 하더라. 좀 센 스타일인가 봐."

강민이 자영의 겁먹은 얼굴을 보고 웃었다.

"일진이라도 나타날까 봐 걱정돼? 마음 푹 놔. 혹시 그렇다 해도 이 집에서는 어림도 없어."

자기가 집주인이라도 되는 양 씩씩하게 말하는 강민을 보고 자영은 자기도 모르게 살짝 웃었다.

"배 안 고파? 아침에 할머니가 부엌에 있는 건 뭐든지 먹어도 된댔는데."

강민은 자영의 대답도 듣지 않고 부엌으로 걸어갔다. 그러더니 고개를 돌리고 따라오라는 손짓을 보냈다.

"우아, 자영아. 여기 좀 봐!"

자영은 강민과 함께 냉장고를 들여다봤다. 밑반찬이 담긴 투명한 플라스틱 용기들이 차곡차곡 쌓여 있었다. 냄비 뚜껑을 열자 두부가 떠 있는 된장국이 보였다. 냉동고에는 피자, 만두, 아이스크림 같은 냉동식품이 가득했다.

"할머니도 안 계신데…… 진짜 먹어도 돼요?"

"괜찮다니까. 할머니는 아침에만 계신댔어. 자, 여기에도 뭔가 있을 텐데."

강민이 냉장고 옆에 있는 낡은 원목 수납장을 열었다. 온갖 종류의 라면, 과자, 시리얼 따위가 들어차 있었다.

"우아! 여기 짱인데. 흉가가 아닌 건 분명해졌네. 마트처럼 먹을 게 많은 흉가 봤어? 자영아, 우리 피자 먹자."

강민은 냉동 피자를 상자에서 꺼낸 뒤 비닐을 벗기고 전자레인지에 넣었다. 그러고는 싱크대 위에 달린 수납장에서 그릇들을 꺼내고, 서랍에서는 포크와 나이프를 찾아냈다. 자영은 강민을 멍하니 바라봤다.

"오빠는 어디에 뭐가 있는지 어쩜 그렇게 잘 알아요?"

"그런가? 부엌이야 집집마다 비슷하잖아."

강민과 자영은 식탁에 마주 보고 앉았다. 하얀 운동화를 신어야만 보인다는 이 기묘한 집보다 아침에 도망쳤다는 여자아이가 자영을 더욱 불안하게 했다. 분명히 자신과 같은 중학교에 다니는 아이일 것이다. 혹시 2학년이라면 자영에 대해 알지도 모른다. 같은 반 아이기라도 하면 끝장이다.

먹음직스러운 피자를 보고 자영은 자기도 모르게 포크를 집었다. 점심을 다 토해 버렸으니 그럴 만도 했다.

***

자영은 오늘도 1학기 때처럼 혼자 급식을 먹고 교실로 돌아왔다. 책상 위에 분홍색 상자가 놓여 있었다. 창가 쪽에서 종은의 목소리가 들렸다.

"야따!"

'야따'는 '야, 왕따!'의 줄임말로, 2학년 3반 박자영의 별명이었다.

"개학 선물이야, 열어 봐!"

끼리끼리 앉아 떠들던 아이들이 순식간에 조용해졌다. 아이들의 눈빛에는 상자에 대한 호기심과 자신이 '야따'가 아니라는 안도감이 담겨 있었다. 자영을 안쓰러워하는 아이도 있었을지 모른다. 하지만 새로운 '야따'가 되기 싫다면 그런 마음은 깊숙이 감춰 두어야 했다.

종은의 목소리가 다시 한번 차갑게 꽂혔다.

"야! 선물인데 왜 꾸물거려! 열어 보라고!"

종은 옆에 서 있던 세은이 자영에게 걸어왔다. 세은이 자영의 어깨에 손을 얹고 활짝 웃었다. 세은의 윗니에서 철사처럼 생긴 교정기가 반짝였다.

"자영아, 쫄지 말고 열어 봐. 알았지?"

상자를 열지 않을 방법은 어디에도 없었다. 무엇이 들어 있든 빨리 이 시간을 넘겨 버리는 편이 나았다. 자영은 상자 뚜껑을 살며시 들어 올렸다.

누군가 쓰고 버린 생리대.

자영은 고개를 돌리고 점심 먹은 것을 모두 토했다. 옆에 서 있던 세은의 운동화에까지 토사물이 튀었다. 세은이 비명을 지르며 자영의 뒤통수를 후려쳤다.

"야! 왜 나한테 토하고 지랄이야!"

자영은 세은을 밀치고 화장실로 달려갔다. 변기 뚜껑을 열고 아무것도 나오지 않을 때까지 속을 게워 낸 뒤, 비틀거리며 세면대에 섰다. 입을 헹구고 얼굴을 씻는 동안 반장과 부반장이 나타났다. 부반장은 찡그린 얼굴로 검은 비닐봉지를 들고 있었다. 반장이 말했다.

"우리가 치웠으니까 들어가. 오 분 있다 수업 시작이야."

부반장은 한숨을 쉬며 쓰레기통에 비닐봉지를 던졌다. 그러고는 답답해 죽겠다는 투로 말했다.

"야. 너 그냥 자퇴하면 안 돼? 차라리 그게 낫지 않아?"

***

"자영아, 괜찮아? 왜 안 먹어?"

강민이 어리둥절한 얼굴로 자영을 바라보고 있었다.

"천천히…… 먹을게요."

학교에 가기 전이면 언제나 속이 매스껍거나 배가 아팠다. 개학날인 오늘 아침에는 더욱 심했다. 몇 번이나 화장실에 드나든 뒤에야 간신히 집을 나섰다. 평소보다 늦게 나왔는데도 똑같은 교복을 입은 아이들은 아무도 보이지 않았다. 세상에서 가장 싫은 곳이 학교였지만, 자영은 날마다 제일 먼저 교실에 도착했다. 자신이 들어오는 모습을 흘끔거리는 아이들의 시선과 갑자기 싸늘해지는 분위기를 견디는 것보다는 한 시간 일찍 일어나는 일이 훨씬 쉬웠다.

오늘도 학교에 가까이 갈수록 또다시 배가 아팠다. 그러다 파란 대문 앞에 서 있던 할머니를 만났다. 할머니는 자영을 멈춰 세우더니 이 집이 같은 운동화를 신은 네 명의 아이들에게만 보인다면서 잠깐 들어왔다 가라고 했다. 평소 같으면 절대로 들어갔을 리가 없다. 처음 보는 사람을 함부로 따라가면 안 된다는 건 유치원생들도 안다. 하지만 참을 수 없을 만큼 배가 아파진 자영은 화장실만 쓰겠다고 했고, 할머니는 흔쾌히 그러라고 했다.

자영이 화장실에서 나왔을 때 거실에 강민이 있었다. 오랜 친구라도 되는 것처럼 강민은 자영에게 반갑게 손을 흔들었다. 먼저 말을 걸어 주는 사람을 만난 것은 정말 오랜만의 일이었다. 하지만 상황은 언제 뒤바뀔지 모른다.

자신을 아는 여자애가 나타난다면.

3

"어! 네가 세 번째 멤버구나!"

아이가 강민을 보고 멈칫했다. 눈을 찌를 만큼 긴 앞머리 밑에서 작은 눈동자가 매섭게 반짝였다. 아이는 옷깃만 검은색인 하얀 셔츠를 입고, 오른손을 검은색 바지 주머니에 넣고 있었다. 딱 붙는 교복 때문에 아이의 좁은 어깨와 여윈 몸이 도드라져 보였다. 강민이 반갑게 말했다.

"너도 처음 보는 교복을 입었네. 중학생이지? 어느 학교 다녀?"

아이의 날카로운 눈빛이 집 안을 훑었다. 할머니가 말했다.

"강민아, 나는 선미를 기다려야 해서. 이따 다시 들어오마."

"네! 걱정 말고 다녀오세요."

아이는 현관에 선 채 꼼짝도 하지 않았다. 강민이 멋쩍게 웃었다.

"내 소개부터 할까? 나는 김강민. 효문고등학교 2학년이야. 이 집에 두 번째로 들어왔어. 박자영이라는 중학교 2학년 여자애가 첫 번째. 네가 세 번째야. 여자애가 한 명 더 와야 하는데 의심이 엄청 많은지 문 앞에서 도망친 뒤로는 올 생각을 안 하네. 오늘이 벌써 수요일이니까 꼭 왔으면 좋겠는데."

아이가 하얀 운동화를 벗고 안으로 들어왔다. 강민은 잽싸게 아이의 발 앞에 슬리퍼를 놓아 주었다. 아이는 슬리퍼를 거들떠보지도 않고 거실 쪽으로 걸었다. 2층으로 이어진 계단을 흘깃 바라보더니 소파에 털썩 주저앉았다. 강민은 아이의 맞은편에 앉았다.

"몇 시까지 학교 가? 아직 여덟 시니까 좀 더 있어도 되지? 난 여덟 시 이십 분까지는 교실에 들어가야 해서 십 분만 있다 일어나야 돼."

아무 반응이 없다. 아이는 퉁명스러운 얼굴로 꺼진 텔레비전 화면만 노려봤다. 강민은 아이의 청력에 문제가 있을지도 모른다고 생각했다. 그래서 다시 입을 열었을 땐 일부러 또박또박 말했다.

"할머니한테 설명 들었지? 네 명의 멤버가 하얀 운동화를 신었고, 이 집은……."

"아, 진짜. 말 졸라 많네."

강민이 피식 웃자, 아이가 강민을 매섭게 쳐다봤다.

"왜 웃어?"

"미안. 아무것도 아냐. 만나서 진짜 반갑다."

자영과 할머니가 거실에 들어왔다. 자영은 새로 온 아이를 보고 놀란 눈치였다. 할머니가 말했다.

"자영이도 이수랑 인사해라. 오늘은 마음을 열어 줘서 어찌나 고마운지."

할머니는 자영의 어깨를 부드럽게 어루만지고는 다시 밖으로 나갔다. 강민이 말했다.

"내 옆에 앉아, 자영아. 야, 세 번째 멤버. 이름이 이수구나? 성은 뭐야? 중학교 몇 학년?"

"알아서 뭐 하게. 겁나 귀찮게 하시네."

이수의 싸늘한 말투에 자영은 머리카락이 쭈뼛 서는 듯했지만, 강민은 아무렇지도 않은 표정이다.

"오케이. 더 안 물어볼게. 이 친구는 박자영이야. 중학교 2학년."

"아까 말했잖아."

이수는 짜증이 나 죽을 지경이었다.

***

어제 아침, 이수의 엄마는 하얀 운동화를 내밀며 사모님이 특별히 주신 돈으로 샀다고 말했다. 자기보다 15살이나 어린 여자한테 사모님이라니, 하여튼 존심도 없는 여자다. 엄마는 이수가 운동화를 신는 모습을 흡족하게 바라보며 겨울에 사모님 가족을 따라 괌에 갈지도 모른다고 했다. 괌? 처음 들어 보는 곳이었다. 엄마가 괌에 가든 북한에 가든 이수는 아무 관심도 없었다. 그저 그 부잣집에 가서 돌보는 재수 없는 아기가 얼마나 착하고 귀여운지 모른다는 헛소리나 안 하길 바랐다.

지 새끼는 버리고 튀었던 주제에.

유명한 상표는 아니었지만, 아니 상표가 아예 없었지만, 운동화는 꽤 편했다. 흰 셔츠에 까만 옷깃이 달린, 다른 학교 아이들이 까치라고 놀리는 어이없는 디자인의 교복을 입고 이수는 허름한 골목길을 빠져나왔다.

이수가 다니는 중학교는 경사진 길의 맨 꼭대기에 있었다. 이수는 속으로 온갖 욕을 내뱉으며 벽에 금이 쩍쩍 간 연립주택들을 지나쳤다. 이 더위에 카디건까지 껴입은 할머니가 오르막길 중턱에서 이수를 내려다보고 있었다. 이수는 뒤를 흘깃 보았다. 까치 교복을 입은 아이들이 오만상을 찌푸린 채 오르막길을 오르고 있었다. 할머니는 이수가 가까이 오자 고개를 끄덕였다.

"어서 와라. 기다리고 있었어."

할머니는 이수의 하얀 운동화를 보더니 그 운동화를 신은 아이한테만 어떤 집이 보인다는 둥 말도 안 되는 소리를 지껄였다.

미친. 더위라도 처먹었나.

"네 아버지 일을 알고 있어. 그래서 선택받은 게 아닌가 싶구나. 내키지 않으면 오늘은 들어오지 않아도 좋아. 하지만 이번 주 금요일 다섯 시에는 꼭 와 주겠니? 네게 기회를 주고 싶구나."

신종 유괴 수법인가. 부모를 들먹여서 아이를 꾀는? 생전 처음 보는 할머니가 아빠 일을 알 리가 없다.

이수는 오른쪽 바지 주머니에 늘 넣고 다니는 주머니칼을 꼭 쥐었다. 손잡이가 땀으로 미끌거렸다. 이수는 고개를 흔들어 긴 앞머리를 옆으로 넘겼다.

"할머니. 엿이나 먹으세요."

이수는 할머니를 지나쳤고, 금세 그 일을 잊어버렸다. 하지만 그다음 날, 그러니까 오늘도 할머니는 오르막길 한가운데에서 이수를 내려다보았다. 짜증이 울컥 솟았다.

오늘도 헛소리를 지껄여 봐. 가만 안 둘 테니까.

"이수야, 오늘은 잠깐 들어왔다 갈래?"

이수는 눈을 부릅떴다.

"할머니 누구야? 내 이름을 어떻게 알아?"

"네가 네 명의 아이들 중 하나라고 말했잖니. 넌 선택받은 아이란다. 이 집은 그 운동화를 신은 아이에게만 보여."

하도 어이가 없어 웃음이 나왔다. 내가 어떤 놈인지 알면 저런 헛소리를 지껄이지는 못할 텐데.

"좋아, 할머니. 그렇게 소원이라면 들어줄게."

이수는 집이 비어 있을 거라고 생각했다. 정신 나간 노인이 혼자 사는 집일 거라고 생각했다. 하지만 현관에 들어서자마자 곱상한 얼굴에 키가 훌쩍 큰 고등학생이 나타나더니 멤버가 어쩌니 저쩌니 하는 헛소리를 늘어놓기 시작했다. 잠시 뒤에는 죄지은 사람처럼 고개를 푹 숙인 여자애까지 들어왔다. 이수는 내색하지 않았지만, 혼란스러웠다.

"이수야, 그래도 나랑 자영이가 먼저 왔는데 뭐 궁금한 거 없어?"

이수는 강민의 멀끔한 얼굴을 노려봤다.

"씨발, 여기 도대체 뭐 하는 데야?"

4

−선미야, 빨리 병원으로 와. 14:30

엄마가 보낸 카톡을 보자마자 전화를 걸었지만 받지 않았다. 선미는 교무실로 달려가 담임 선생님을 찾았다.

"병원에 가 봐야겠어요. 엄마가 안 좋으신가 봐요."

"그래? 얼른 택시 타고 가 봐. 택시비는 있니?"

선생님은 선미의 집안 사정을 이미 알고 있었다. 선미는 고개를 끄덕였다.

"어서 가. 어떻게 됐는지 선생님한테 연락해 주고."

선미는 교실로 돌아가 필통과 공책 따위를 가방에 닥치는 대로 쓸어 담았다. 몇몇 아이들이 호기심 어린 얼굴로 선미를 쳐다봤지만 굳이 말을 걸지는 않았다.

택시를 타려면 버스 정류장이 있는 큰길까지 가야 했다. 오후 세 시의 주택가는 한산했다. 선미는 낡은 운동화를 신고 정류장 쪽으로 뛰었다. 하얀 운동화는 할머니를 처음 만났던 월요일 이후로 신지 않았다. 파란 대문의 이층집은 더 이상 보이지 않았다.

이 집은 그 운동화를 신은 친구들에게만 보인답니다.

하얀 운동화를 신으면 집이 다시 나타나는지 시험해 볼까도 생각했다. 그랬다가 집이 진짜로 보인다면? 할머니가 파란 대문을 열고 나타나 자신의 손목을 덥석 잡기라도 한다면? 선미는 이 일을 아무에게도 말하지 않았다. 누가 그런 이야기를 믿어 주겠는가.

"서울대병원으로 가 주세요."

선미는 택시 안에서 아빠에게 전화를 걸었다. 회의 중인지 받지 않는다.

−엄마 많이 안 좋나 봐. 지금 병원 가는 중. 15:10

아빠에게 카톡을 남긴 뒤 엄마에게 전화를 걸었다. 몇 번 신호가 가더니 드디어 전화를 받았다.

"여보세요? 엄마!"

대답 대신 귀에 익은 소리가 들렸다. 통증을 참을 수 없어 터져 나오는 짐승의 울음소리 같은 신음.

"엄마, 많이 아파? 나 지금 병원 가고 있어. 조금만 기다려!"

"여길 왜 와."

그 짧은 말을 하는데도 엄마는 숨을 헐떡였다.

"아까 엄마가 빨리 오라고 톡했잖아. 내가 있어야 하는 거 아냐? 택시 탔으니까 십 분 정도면 도착해."

"오지 마."

전화가 끊어졌다. 백미러로 자신을 흘끔거리는 택시 기사의 시선이 느껴졌다. 벨소리가 울렸다. 아빠다.

"선미야, 무슨 일이야?"

"학교에 있는데 엄마가 빨리 오라고 카톡을 보냈어. 조퇴하고 택시 탔는데 또 갑자기 오지 말래. 목소리 들으니까 통증이 심한 것 같아."

"정신이 없는 모양이다. 어디쯤 왔니?"

"대학로."

"기사 아저씨한테 차 돌려 달래서 학교든 집이든 돌아가. 아빠가 간병인 아주머니랑 통화해 볼게."

"오늘 병원 들를 거야?"

"그래야지. 퇴근하고."

이번이 처음이 아니다. 지난주에도 학원에서 엄마의 연락을 받고 병원에 갔지만, 엄마는 기억을 못 했다. 항암제의 독성 때문에 정신이 혼미해지는 부작용이라고 했다. 이런 일이 언제까지 계속되는지 누가 분명히 말해 주면 좋겠다.

기사가 퉁명스럽게 물었다.

"학생, 병원 쪽으로 가는 거 맞아?"

***

설거지를 하던 아주머니가 선미를 보고 눈을 크게 떴다.

"일찍 왔네?"

"그렇게 됐어요."

선미는 현관에 가지런히 놓인 하얀 운동화를 보고 숨을 멈췄다.

"제가 쓰레기통에 넣었는데 왜 꺼내셨어요?"

"너무 새 거라서. 정말 버리는 거야?"

대답이 없자 아주머니가 말했다.

"내가 퇴근할 때 의류 수거함에 넣을게. 쓰레기봉투 아깝잖니."

이번 주 금요일 다섯 시에 꼭 이 집에 들러요. 제발 기회를 놓치지 말아요.

다섯 시가 되기까지 삼십 분이 남았다. 아직 시간이 있다. 이 운동화를 신으면 집이 정말로 다시 보이는지 정도는 확인해도 괜찮을 거다. 선미는 하얀 운동화에 조심스레 발을 넣었다.

"아주머니. 저 잠깐 나갔다 올게요."

선미는 마을버스에서 내려 파란 대문의 집이 있던 곳을 향해 천천히 걸었다. 학교 수업을 마친 아이들이 맞은편에서 무리지어 내려왔다. 선미는 여전히 교복을 입은 채 핸드폰만 손에 쥐고 있었다.

길 중간에서 파란 대문을 발견한 순간, 선미는 정신이 아득해졌다. 낡은 운동화를 신었을 때는 보이지 않던 집이 눈앞에 똑

똑히 서 있었다. 선미는 한참을 망설이다 대문을 조심스레 밀었다. 잠겨 있지 않다. 안으로 들어오고 나서야 초인종부터 눌러야 했다는 생각이 들었다. 선미는 잔디가 깔린 널찍한 마당에 섰다. 현관으로 이어진 낮은 돌계단 옆에 빨간 우체통이 보였다. 우체통이 왜 이런 곳에 있을까. 대문 안에 있는 우체통에 집배원이 어떻게 우편물을 넣는단 말인가.

선미는 자주색 벽돌로 지은 이층집을 올려다봤다. 『아기돼지 삼형제』에 나오는 막내 돼지가 벽돌을 차곡차곡 쌓아 만든 집 같다. 빛바랜 벽돌에서 세월의 흔적이 느껴졌다. 바깥에서 봤을 때처럼 2층에는 창문이 하나도 나 있지 않았다.

선미는 현관을 향해 속삭이듯 말했다.

"할머니. 계세요?"

아무도 나오지 않았다. 선미는 돌계단을 올라 현관 손잡이를 천천히 돌렸다. 현관 역시 잠겨 있지 않았다. 선미는 문을 살짝 열고 안을 들여다봤다. 크기만 다를 뿐 똑같이 생긴 하얀 운동화 세 켤레가 바닥에 나란히 놓여 있다. 선미는 핸드폰을 꽉 쥐었다. 언제라도 도망칠 수 있도록 현관문을 활짝 열어 두었다.

"안에 누구 계세요? 할머니!"

이쪽으로 걸어오는 다급한 발걸음 소리가 들렸다. 선미는 현관 쪽으로 뒷걸음쳤다. 험상궂게 생긴 남자라도 나타나면 잽싸게 도망칠 생각이었다. 하지만 모습을 드러낸 사람은 하늘색 셔츠와 남색 바지로 된 교복을 입은 잘생긴 남자아이였다.

아이가 선미를 보고 외쳤다.

"드디어 왔구나!"

***

선미는 2층으로 이어지는 계단 앞에서 걸음을 멈췄다. 계단에는 베이지색 카펫이 깔려 있었고, 고풍스러운 갈색 난간은 단단해 보이는 나무로 만들어졌다. 남자아이도 손을 허리에 얹고 계단을 쳐다봤다.

"2층에는 별거 없어. 방 세 개가 전부야."

선미는 남자아이의 옆얼굴을 곁눈질했다. 처진 눈매와 달리 입꼬리는 누가 잡아당기기라도 하듯 위로 올라가 있다. 덕분에 가만히 있어도 웃는 얼굴로 보인다.

"창문이 없던데."

"맞아. 이상하지? 나도 방에 들어가 본 적은 없어. 세 개 다 잠겨 있거든."

선미는 남자아이에게서 한 발짝 떨어졌다.

"언제 이 집에 처음 왔어?"

"이번 주 월요일. 네가 문 앞에서 도망쳤던 날. 내가 두 번째 멤버야."

두 번째 멤버? 할머니는 네 명의 아이들이 이 운동화를 신었다고 했다. 이 남자아이도 그중 하나라는 뜻인가.

"할머니는 어디 가셨어?"

"오후에는 안 오셔. 오늘 아침에도 밖에서 널 기다렸는데 안 나타났다고 하시더라. 내가 맞춰 볼게. 이 집이 무서워서 다른 운동화를 신은 거지?"

말투가 어찌나 사근사근한지 기분이 나쁘지는 않다. 하지만 남자아이의 말을 인정할 생각은 없다. 만만해 보이는 건 딱 질색이니까.

남자아이의 교복 셔츠 주머니에 '효문'이라는 글씨가 수 놓여 있다. 분명히 선미 또래의 고등학생이다. 효문고등학교? 이 근처에 그런 학교가 있었나?

선미는 남자아이를 따라 거실로 갔다. 마주 놓인 기다란 초콜릿색 소파 두 개에 각각 남자아이와 여자아이가 앉아 있다. 남자아이는 핸드폰을 보느라 정신이 없고, 여자아이는 선미와 눈이 마주치자마자 벌떡 일어났다. 선미를 마중 나온 남자아이가 갑자기 손뼉을 치는 바람에 선미는 심장이 떨어질 뻔했다.

"얘들아, 드디어 마지막 멤버가 왔어!"

소파에 앉은 남자아이는 선미를 흘깃 쳐다보더니 다시 핸드폰으로 시선을 돌렸다. 여자아이는 선미를 향해 고개를 푹 숙였다.

"안녕하세요, 언니."

앞머리 없는 단발머리가 두 뺨에 드리워져 있지만, 각진 턱까지 감춰 주지는 못했다. 노르스름한 피부에 뺨 곳곳에 여드름 자국이 보였다. 아이는 선미가 대선배라도 되는 양 눈도 마주치지 못했다. 왠지 잔뜩 겁에 질린 모습이다. 아이가 만든 거리감에 선미도 덩달아 어색하게 인사했다.

"어, 안녕."

선미를 마중 나온 남자아이가 말했다.

"이 친구는 박자영. 이 집에 처음 들어왔어. 진성여중 2학년이야. 저 친구는 이수."

남자아이가 선미의 귀에 속삭였다.

"성이랑 학교는 모르겠어. 죽어도 안 가르쳐 줘."

이수가 여전히 핸드폰에 시선을 멈춘 채 말했다.

"다 들리거든?"

"그럼 시원하게 가르쳐 주시든가! 나는 김강민. 효문고등학교 2학년이야. 네가 안 오는 줄 알고 우리가 얼마나 걱정했는지 알아? 진짜 다행이다!"

이수가 중얼거렸다.

"우리 좋아하시네."

선미가 어색하게 말했다.

"나는 김선미. 가원여고 2학년."

"나만 남녀공학인가? 푸하하!"

아무도 따라 웃지 않았다. 강민이 머쓱하게 말했다.

"이제야 드디어 이야기를 들을 수 있겠네. 넷이 다 모여야만 이야기를 시작할 수 있다고 했거든."

선미는 미간을 찌푸렸다.

"그 '이야기'라는 거. 도대체 무슨 말이야?"

"나도 잘 몰라. 우리를 왜 이 집에 불렀는지, 앞으로 줄 기회가 무엇인지에 대한 이야기 아닐까?"

소심해 보이는 여자아이도 그렇지만, 남자아이들은 훨씬 수상하다. 한 명은 너무나 해맑고, 한 명은 섬뜩할 만큼 서늘해 보인다.

"다들 신발장에 하얀 운동화가 들어 있었던 거야? 나는 누가 갖다 놨는지 도무지 모르겠어. 그 할머니가 우리 집에 몰래 들어왔던 걸까?"

강민이 말했다.

"산 사람이 아무도 없는데 신발장에 운동화가 들어 있었다고?"

선미는 고개를 끄덕였다. 강민이 말했다.

"신기한 일이 또 하나 생겼네."

"이해가 안 돼. 어떻게 다들 의심도 안 하고 남의 집에 들어올 수 있어? 납치범이나 성 범죄자 같은 흉악범이 사는 집일 수도 있잖아."

이수가 코웃음 쳤다.

"그러는 그쪽은 왜 들어왔는데?"

"나는……."

엄마의 신음이 떠올라 선미는 잠시 말문이 막혔다.

"들어올 생각 없었어. 하얀 운동화를 신어야만 진짜 이 집이 보이는지 시험해 보려던 것뿐이야."

'엄마를 살릴 수 있는 기회'라는 말에 이끌렸다고는 고백할 수 없었다.

"의심을 풀 생각은 조금도 없어. 솔직히, 너희들도 못 믿겠어."

강민이 이수 옆에 앉았다. 이수는 얼른 엉덩이를 들썩여 옆자리로 옮겨 갔다.

"우리도 이 집이 어떤 곳인지 아직 몰라. 내가 아까 '신기한 일'이 하나 더 늘었다고 했지? 네가 다닌다는 가원여고, 어디 있는 학교야?"

"당연히 성북동이지."

"그럴 줄 알았어. 내가 다니는 효문고등학교는 대치동에 있어."

"대치동에서 여기까지 왔어?"

"아니. 하얀 운동화를 신고 학교에 가는 길에 할머니를 만났어. 할머니는 파란 대문 앞에 서 있었고, 그 뒤에 이 집이 있었지. 이상했어. 그 길에는 원래 고층 아파트 단지들이 띄엄띄엄 있거든. 이런 집이 있을 법한 주택가가 전혀 아니라고. 그런데 내가 새 운동화를 신고 나간 첫날, 어떤 아파트 단지랑 작은 상가 사이에 이 집이 떡하니 나타난 거야."

"그러니까…… 성북동이 아니라 대치동에 있는 파란 대문 집으로 들어온 거라고?"

선미는 자영에게 고개를 돌렸다.

"너는? 아까 무슨 중학교랬지?"

자영의 얼굴이 빨개졌다.

"아, 저는…… 진성여중. 서울이 아니라 부천에 있어요. 저도 강민 오빠랑 언니처럼 학교에 가다가 할머니를 만나서……."

강민이 말했다.

"나도 자영이가 부천에 산다는 걸 알고 깜짝 놀랐어. 자영이는 여기가 흉가고, 할머니는 귀신이라고 생각했대. 재미있지?"

이번에도 아무도 웃지 않았다. 귀신이라는 말에 선미는 오싹한 기분이 들었다.

"믿을 수 없지만 좋아. 들어올 때는 각자의 학교 근처에서 이집에 들어왔다고 쳐. 그럼 여기서 나갈 때는? 다 같이 나가면 어떻게 되는 거야? 각자 사는 동네로 순간 이동이라도 해?"

자영이 말했다.

"아……. 저희도 할머니한테 그걸 물어봤는데…… 같이 나갈 수는 없대요……. 꼭 한 명씩 나가야 한다고……."

선미는 입을 다물었다. 이 여자아이도 수상하기는 마찬가지다. 아무렇지도 않은 얼굴로 소설에나 나올 법한 말을 하고 있다. 텔레비전 위에 걸린 낡은 벽시계에서 별안간 커다란 종소리가 울렸다.

다섯 시.

"난 가 봐야겠어."

강민이 외쳤다.

"어어, 안 돼! 이야기라도 듣고 가. 넷이 다 모여야 된다고."

이수가 말했다.

"아, 진짜. 장난하나. 겁나 이기적이네."

선미가 이수를 쏘아봤다.

"여기 있고 없고는 내 마음이야! 이야기를 들어? 너희 바보니? 여기, 이상한 종교 집단 같은 곳일지도 몰라! 후회하지 말고 너희도 빨리 나와!"

그때 할머니와 한 남자가 거실로 들어섰다. 남자는 아이들을 보고 눈을 크게 떴다.

"이런. 벌써 싸우는 거니?"

5

남자는 온화한 인상의 할머니와 완전히 다른 분위기를 풍겼다. 흐릿한 눈썹에 머리숱도 없는데 구레나룻은 유독 두껍고 진했다. 길고 마른 얼굴은 바람 빠진 풍선처럼 탄력이 없다. 가느다란 작은 눈과 기다란 코, 얇은 입술은 전체적으로 야비한 인상을 주었다. 가장 눈살을 찌푸리게 하는 건 남자의 옷차림이었다. 오십 대 후반은 되어 보이는 남자가 무릎에 구멍이 난 청바지에 미키마우스가 작게 프린트된 흰색 반팔 티셔츠를 입었다. 왼쪽 귀에는 작은 링 귀걸이가 달랑거렸다.

아이들은 불안한 얼굴로 남자를 바라봤다. 남자가 가느다란 목소리로 말했다.

"내가 이 집 앞에 서 있었다면 아무도 안 들어왔겠지? 뭐, 이런 반응은 너무 오랫동안 봐 와서. 상처받지는 않을 테니 걱정 마라."

남자가 선미에게 눈짓을 보냈다.

"좀 앉지 그러니?"

"됐어요. 전 서 있을래요."

선미는 남자와 할머니를 피해 현관 쪽으로 도망칠 수 있는 위치에 섰다. 남자는 할 수 없다는 듯 고개를 끄덕였다.

"우선, 이렇게 만나서 정말 반갑다. 네 명이 다 모였으니 약속대로 이야기를 시작하지. 이게 다 무슨 일인지 다들 얼떨떨할 거다. 속으로는 별생각이 다 들 거야. 저 아저씨는 도대체 누구지? 귀신? 사이코 살인마? 사이비 종교 집단 교주? 요즘 세상이 워낙 흉흉하다 보니 이 일을 하기가 점점 어려워진단다. 아이들도 의심이 많은 데다 무슨 학원을 그렇게 많이 다니는지 바쁘기도 하고. 30년 전만 해도 이렇진 않았는데. 그렇죠?"

옆에 선 할머니가 남자를 장난스럽게 흘겨봤다.

"쓸데없는 소리."

"네네, 본론으로 들어가겠습니다. 자, 이제 너희를 왜 이 집에 불렀는지 말해 주마. **이 집은 하얀 운동화를 신은 아이에게만 보이고, 당연히 그 운동화를 신은 아이만 들어올 수 있다.** 너희가 신고 온 평범하지만 아주 특별한 운동화 말이다. 올해의 마지막 날 오후 다섯 시, 너희는 한 명씩 2층으로 올라가서 세 개의 문 앞에 선다. 하나는 과거의 문, 하나는 미래의 문, 하나는 현재의 문이야. 문을 선택하면 그 시간대로 갈 수 있다. 너희의 선택을 말하면 내가 어느 문으로 들어가면 되는지 가르쳐 줄 거야. 과거로도 미래로도 가고 싶지 않다면 그냥 현재의 문으로 들어가면 된다. 어떤 문으로 들어가면 좋을까에 대한 이야기는 나눠도 되지만, **최종 결정은 반드시 본인만 알고 있어야 해.**"

강민이 물었다.

"어떻게…… 그런 일이 가능해요?"

"모든 사람은 각자 하나의 시간대에서 살아간다. 요즘 영화나 드라마에 자주 나오는 평행 세계가 진짜 존재하고, 다른 세계에 또 다른 김강민이 있다 해도 너는 알 길이 없어. 오로지 지금 이 순간이 자신의 현재일 뿐이지. 현재의 문을 택한다면 시간의 변화 없이 지금까지 살아온 삶을 쭉 이어가게 된다. 하지만 과거의 문을 택한다면 그 사람은 과거에서 삶을 새롭게 시작한다. 단, 5년 이상의 과거로는 돌아갈 수 없고, 나이도 선택할 수 없어. 18살의 김강민은 15살이나 14살이 되어 그 순간을 자신의 현재로 인식하며 살게 된다. 지금 성적이 엉망진창이라 공부를 다시 열심히 해 보고 싶다거나, 운동선수가 되고 싶다는 꿈을 포기했었다면 과거의 문으로 들어가 새롭게 시작할 수 있겠지."

"그럼 미래의 문은요?"

남자는 선미를 바라보며 말을 이었다.

"미래의 문도 마찬가지다. 나이는 선택할 수 없고, 5년 안의 미래에서 새롭게 시작하게 되지. 예를 들어, 지금 큰 병을 앓고 있어서 다시 건강해지고 싶다면 미래의 문으로 들어갈 수 있겠지. 18살의 김선미는 21살의 건강한 김선미가 되어 새로운 삶을 시작하는 거야. 그 시간을 자신의 현재로 인식하며. 이렇듯 시간의 집은 너희의 과거나 미래를 현재로 만들어 줄 수 있다. 이렇게 어려운 일을 당연히 자주 할 수는 없어. 이 집의 파란 대문이 언제 열릴지는 아무도 모르는데, 이번에는 다시 열리는데 3년이 걸렸지."

강민이 말했다.

"3년 전에도 우리 같은 아이들이 이 집에 왔다는 뜻인가요?"

남자는 강민을 주의 깊게 바라보며 고개를 끄덕였다. 강민이 다시 물었다.

"이해가 잘 안 돼요. 아까 말씀하신 것처럼 18살의 선미가 미래의 문을 열고 들어가서 21살의 선미로 살게 된다고 쳐요. 그럼 건너뛴 3년 동안의 기억은 어떻게 되는 거예요?"

"가 보면 알게 될 거야. 시간의 집이 21살의 선미를 위해 만들어 준 새로운 삶이 있을 테니까."

"그럼…… 평소처럼 지내다가 12월 31일 다섯 시에 다시 이 집으로 오면 돼요?"

"엄청난 기회를 받는 건데 그렇게 쉽다면 재미없지. 너희가 지켜야 할 규칙이 몇 가지 있다. **첫째, 그 누구에게도 이 집과 하얀 운동화에 대해 말해서는 안 돼.** 너희 중 한 명이라도 이 이야기를 타인에게 발설하는 순간, 이 집은 사라진다. 아무리 하얀 운동화를 신어도 이 집은 더 이상 보이지 않을 거야. **둘째, 일주일에 세 번 이상 이 집에 나와야 해.** 이 집에 일 분을 머무르든 한 시간을 머무르든 그건 너희 자유야. 하지만 내일부터 멤버 넷이 모두 모이면 이 집의 시간은 정지한다. 바깥세상의 시간도 마찬가지야. 다시 말해, 너희가 오후 네 시부터 함께 시간을 보냈다고 치자. 그러면 이 집에서 얼마나 머물렀든 밖에 나가도 시계는 여전히 오후 네 시를 가리킬 거야."

남자는 흡족하게 웃으며 두 손을 비볐다.

"이거야말로 이 집의 최고 장점이지. 학원에 서둘러 갈 걱정

없이 다 같이 맛있는 것도 먹고, 영화도 보고, 수다도 떨 수 있으니까. 하지만 한 명이라도 먼저 집에서 나간다면, 그때부터는 시간이 원래대로 흐르기 시작한다."

선미는 큰 소리로 웃고 싶었다. 저 아저씨는 확실히 제정신이 아니다. 말이 끝나는 대로 이 집에서 빨리 도망쳐야 한다. 선미는 비아냥거리듯 물었다.

"그게 다예요?"

"아니, 더 있어. **셋째, 미래로 가든 과거로 가든 '죽음'에 대해서는 바꿀 수 없다.** 예를 들어, 아버지가 교통사고를 당해 1년 전에 돌아가셨다고 치자. 몇 년 전의 과거에서 삶을 시작하든 아버지의 죽음을 막을 수는 없어. 아버지는 결국 사고를 당하셨던 날 세상을 떠나실 거야. 교통사고로든 다른 이유로든. 죽음은 이 집도 어쩔 수 없는 문제거든."

남자가 인상을 쓰자 이마의 주름이 더욱 진해졌다.

"또 뭐가 있더라?"

할머니가 조용히 말했다.

"많이 남았어. 기억과 소망 노트, 우체통."

"아, 맞아요. 감사합니다. **12월 31일에 너희가 문 하나를 선택해 들어가는 순간, 이 집에 대한 기억은 모두 사라진다.** 멤버들에 대한 기억도 포함해서. 너희가 언제 어디에서 우연히 마주치더라도 서로를 알아보지 못한다는 뜻이지. 마지막 날에는 갈아 신을 신발을 꼭 가져오렴. 문으로 들어가기 전에 하얀 운동화를 우리에게 돌려주어야 하니까."

강민이 물었다.

"소망 노트는 뭐예요?"

"선택한 문으로 들어가기 전에 노트에 간절히 바라는 소망을 한 가지씩 적는 거야. 자신이 어떤 '현재'의 모습을 갖고 싶은지 적으면 되겠지. 야구 선수가 되기 위해 열심히 노력하며 살고 싶어요, 건강한 몸으로 활기차게 살고 싶어요 등등."

"적으면 다 이루어져요?"

"그 소망이 합당하다면. 그러니까 로또 1등 같은 소망은 꿈도 꾸지 마라. 그렇게 누누이 말했는데도, 만수르 같은 부자가 되게 해 달라고 쓴 아이도 있었지."

이수의 얼굴에 실망한 기색이 떠올랐다. 남자가 말을 이었다.

"이 집을 잊고 싶지 않아요, 멤버들과 함께한 시간을 꼭 기억하고 싶어요, 같은 소망도 들어줄 수 없다. 선택한 문으로 들어가는 순간 이곳에 얽힌 모든 기억을 삭제하는 게 원칙이니까."

강민이 다시 손을 들었다.

"선택의 시간이 12월 31일 오후 다섯 시잖아요. 그때까지 모든 규칙을 잘 지켰는데 만약 그 시간에 못 나오면 어떻게 돼요? 무슨 사정이 생길 수도 있잖아요."

"이 집의 손님이 아이들인만큼 그런 일이 허다하게 있었지.

십 분 늦는 정도야 봐줄 수 있지만, 아예 안 나온다면 기회는 안 녕이야. 그런 아이에게는 내가 직접 찾아가 이 집에 얽힌 기억을 삭제한다."

선미는 남자의 궤변을 더는 참을 수 없었다. 선미의 마음을 알아챘는지 남자가 선미를 향해 제지하듯 오른손을 들었다.

"지금이야 얼떨떨하겠지만 이 집을 오가다 보면 분명히 궁금한 점이 생길 거야. 그럴 때는 나한테 편지를 보내라. 마당에 있는 빨간 우체통에 편지를 넣으면 빛의 속도로 답장을 보내마."

남자는 홀가분한 얼굴로 한숨을 쉬었다.

"자, 이제 질문의 시간!"

선미가 따지듯이 물었다.

"아저씨, 대체 뭐 하는 사람이에요?"

"나나 할머니나 어쩌다 이 일을 하고 있지만 그냥 평범한 사람이야. 귀신이나 악마 같은 건 절대로 아니니 안심해라."

남자가 자영을 향해 눈을 찡긋했다. 선미가 말했다.

"아저씨가 한 말, 전 하나도 안 믿어요. 지금까지 그런 말도 안 되는 소리를 믿는 애가 있었나요?"

"내 말을 정 못 믿겠다면 할 수 없어. 지금 신발을 반납하고 다시는 이 집에 오지 않아도 좋아. 하지만 입이 아무리 근질거려도 오늘 들은 이야기는 비밀로 해야 한다. 기회를 간절히 원하는 다른 멤버들을 위해서."

자영은 용기를 내어 간신히 손을 들었다.

"그럼…… 이 집은…… 타임머신 같은 거예요?"

"타임머신과는 다르지. 타임머신은 과거나 미래로 가서 그 시대의 또 다른 나를 만나는 거잖니? 하지만 이 집은 아까 말했듯이 너희의 과거나 미래를 현재로 만들어 주는 거야. 그러니 타임머신보다는 타임 하우스라는 말이 어울리겠구나. 그냥 우리말로 '시간의 집'이라고 하자."

강민이 말했다.

"또 궁금한 게 있어요. 제가 15살에서 삶을 새롭게 시작한다면…… 지금의 저는 어떻게 되는 거예요? 실종 처리라도 되는 건가요?"

"15살의 김강민이 18살의 김강민을 신경 쓸 이유는 없지. 사람은 각자 하나의 시간대에서 살아간다고 했지? 기존의 시간대는 이 집이 알아서 정리해 줄 거야."

이수가 뻐딱하게 말했다.

"아까 우체통 얘기 말이에요. 요즘 누가 편지를 써요. 아저씨는 핸드폰도 없어요?"

"내 전화번호를 알려 줬다가는 전화기에 불이 날걸? 조금만 궁금한 게 생겨도 연락을 해 댈 테니까. 하지만 편지로 소통을 한다면 너희도 쓰기 전에 한 번 더 고민하게 되고, 편지를 쓰면서 너희의 마음과 생각을 찬찬히 정리할 수 있을 거야. 그게 편지의 매력 아니겠니? 답장은 퀵서비스보다 빨리 보낼 테니 걱정 말아라."

할머니가 말했다.

"강민이와 자영이는 이미 알겠지만, 출출하면 부엌에 있는 음식을 얼마든지 꺼내 먹으렴. 내가 매일 들러 채워 놓을 테니까. 텔레비전이든 책이든 집 안에 있는 물건들도 마음대로 사용하고. 너희를 맞이하려고 우리도 나름대로 준비를 했단다."

이수가 말했다.

"여기 와이파이 비번 좀 줘요."

남자가 한숨을 쉬었다.

"와이파이? 그런 걸 설치하려면 기술자를 불러야 하지 않니?"

이수는 남자보다 더 큰 한숨을 쉬었다.

"데이터 다 날리겠네."

할머니가 말했다.

"혹시라도 지루할까 봐 디브이디는 많이 가져다 놨어."

이수가 중얼거렸다.

"요즘 누가 디브이디를 봐. 다운받으면 되는데."

아저씨가 말했다.

"아, 2층에 있는 문은 구경해도 되지만 아무리 당겨도 열리지 않으니 애쓰지 마라. 손잡이라도 부서지면 골치 아프니까. 그리고 이 집에서 술 담배는 절대 금지다. 또…… 요즘 애들은 워낙 빨라서 말이다. 이 집에서 남녀 간의 불미스러운 일은 일어나지 않길 바란다."

강민이 처음으로 얼굴을 찡그렸다.

"그런 걱정은 안 하셔도 돼요."

"그럼 너희 넷이 모인 것도 인연이니까 선택의 날까지 즐겁게 지내길 바란다. 이제 가시죠?"

두 사람은 거실을 빠져나가 천천히 계단을 올랐다. 이수가 중얼거렸다.

"어디 가는 거야?"

선미가 말했다.

"누가 알겠어?"

두 사람의 모습이 완전히 사라지자, 강민이 속삭였다.

"지금까지 들은 말, 너희는 믿어?"

이수가 말했다.

"진짜든 아니든 뭔 상관이야. 오기 싫으면 안 와도 된다잖아."

자영이 말했다.

"전…… 잘 모르겠어요. 오빠는요?"

"하얀 운동화를 신어야만 이 집이 보이는 건 사실이잖아. 내일 다 같이 모여서 진짜 시간이 멈추는지 확인해 보자. 선미야, 어때?"

"난 2층부터 확인해야겠어. 다 같이 올라가 보자."

자영이 울상을 지었다.

"그건 좀……. 두 분 다 거기 계실 텐데……."

"문만 안 망가뜨리면 된댔잖아. 한번 가 보자고."

강민이 말했다.

"좋아."

자영도 강민을 따라 쭈뼛거리며 일어섰다. 선미가 이수에게
말했다.

"넌?"

"관심 없어."

이수를 뺀 세 아이들은 계단에 깔린 카펫을 조심스레 밟으며
천천히 2층으로 올라갔다. 복도를 사이에 둔 채 왼쪽에는 두 개
의 문이, 오른쪽에는 한 개의 문이 있었다. 문은 모두 짙은 갈색
을 띤 나무로 되어 있었다.

선미가 속삭였다.

"그 할머니랑 아저씨, 아직 2층에 있겠지? 도대체 어디로 들
어간 거야?"

강민은 오른쪽 문의 손잡이를 조심스레 돌렸다. 문은 남자의
말대로 단단히 잠겨 있었다.

자영이 말했다.

"어떻게 된 건지는 잘 모르겠지만…… 저는 계속 와 볼래요.
그 기회…… 놓치기 싫어서요."

　　　　　　　　　　　　　　시간을 건너는 집

선미가 말했다.

"난 생각 좀 해 봐야겠어."

자영과 강민의 시선이 마주쳤다. 강민은 난처한 표정을 지었다.

"난 솔직히 미래의 문이든 과거의 문이든, 어디로도 들어가고 싶지 않아. 1년 반만 버티면 대학생이 되는데 과거로 돌아가면 지긋지긋한 공부를 또 해야 하잖아. 지금 마음 같아서는 우리나라 최고의 명문대생이 되어 있게 해 주세요, 라고 쓰고 미래의 문을 열고 싶은데 그런 소망은 들어주지도 않을 테고. 난 당연히 현재의 문을 선택할 것 같은데, 그럴 거라면 이 집에 계속 올 필요가 없잖아. 그래도 계속 와 봐야겠어!"

선미가 어이없다는 듯이 말했다.

"왜?"

"이 집에서 도대체 무슨 일이 벌어질지 궁금하니까. 그리고 아저씨가 그랬잖아. 우리가 만난 것도 인연이라고. 생각해 봐. 우리나라에 중고등학생들이 몇만 명인데 하필이면 왜 우리 넷이 모였겠어?"

"답답하네. 인연이라는 말은 별 뜻 없이 한 거야."

강민은 왼쪽 첫 번째 문 근처에서 무릎을 꿇은 채 바닥을 들여다봤다. 계단에 깔린 것과 똑같은 베이지색 카펫이 복도에도 깔려 있었다.

"여기 뭔가를 놓았었나 봐. 눌린 자국들 좀 봐."

강민은 고개를 들고 선미를 바라봤다.

"난 우리 넷을 뽑은 이유가 분명히 있을 거라고 생각해. 너처럼 의심 많은 애가 결국 이 집을 찾아온 이유도 분명히 있을 테고. 안 그래?"

선미는 대답하지 않았다. 과거나 미래의 문으로 들어간다면 엄마의 병을 고칠 수 있을지도 모른다. 사실 아까부터 그 방법을 고민 중이었다.

강민은 카펫의 자국을 조심스레 어루만지며 생각했다.

이 자리에 뭐가 있었는지 알 것 같아.

시간을 건너는 집

9월

1

"아, 진짜. 여길 왜 데려왔는데."

"금세 나갈 거야."

엄마는 비좁은 거실에 아기를 조심스레 앉혔다. 그러고는 안방으로 서둘러 들어가더니 화장대 서랍을 뒤지기 시작했다.

"오늘이 우리 재민이 수두 접종 날인데 아기 수첩을 깜박했어. 아유, 어디에 뒀더라. 너 하얀 수첩 못 봤니?"

씨발. 내가 아기 수첩 같은 걸 어떻게 알아.

아기는 가녀린 어깨에 비해 커다란 머리를 앞으로 위태롭게 까닥거렸다. 등을 툭 치기만 해도 바닥에 머리를 찧을 모양새다. 부들부들한 청바지에 새하얀 남방. 가슴팍에 달린 작은 주머니에는 명품 브랜드의 이름이 영문으로 수 놓여 있다. 고작

소아과에 가면서 잘도 차려입었다.

이수의 엄마는 아기의 베이비시터였다. 아기의 아빠는 마스크 팩을 만드는 회사를 운영하는데, 사업이 어찌나 잘되는지 미백 마스크인지 뭔지는 나오기만 하면 품절이라고 했다. 엄마는 밤마다 그 집에서 가져온 마스크 팩을 붙인 채 텔레비전을 봤다.

이수의 엄마는 아기가 어찌나 순한지 이렇게 편한 일자리가 없다고 했다. 순하다는 말은 거짓이 아닌 것 같았다. 낯선 곳에 놓였는데도 긴장한 기색이 없다. 아기는 포동포동한 팔을 뻗더니 거실 바닥을 기어 다니기 시작했다.

이수는 아기의 엉덩이를 발로 살짝 밀었다. 아기는 무슨 일을 당했는지 느끼지도 못한 것 같았다. 이번에는 발끝에 좀 더 힘을 실었다. 아기는 옆으로 쓰러졌지만 울지는 않았다. 알 수 없는 말을 옹알대며 힘겹게 몸을 일으키더니 바닥에 놓인 두루마리 휴지로 손을 뻗었다. 이수가 휴지를 낚아채자 드디어 아기가 칭얼거리기 시작했다. 이수는 아기의 통통한 팔뚝을 꼬집었다. 휴지에 정신이 팔려 있던 아기는 이수가 손가락에 좀 더 힘을 주자 울음을 터뜨렸다.

엄마가 안방에서 나오는 소리가 들렸다. 이수는 얼른 아기에게 휴지를 던져 주었다.

"간신히 찾았네. 이게 왜 장롱 서랍에 들어 있어."

아기는 휴지를 받자 금세 울음을 그쳤다. 엄마는 휴지를 풀어 아기의 손에 쥐여 주었다.

"애, 너도 내년이면 중3인데 공부 좀 해야 하지 않니? 다니고 싶은 학원 없어? 요즘 국영수는 기본으로 다닌다던데."

어이가 없다. 자기한테 언제부터 관심이 있었다고 요즘 들어 자꾸 공부 타령이다.

"게임은 그만하고 공부 좀 해. 다니고 싶은 학원 있음 말하고."

"아줌마, 됐거든요. 언제부터 내 성적에 그렇게 관심이 많으셨어요. 네?"

이수의 첫마디에 엄마 표정이 싸늘해졌다. 중학생이 되면서부터 이수는 '엄마'라는 단어를 쓰지 않았다. 굳이 부를 일도 없었거니와 어쩔 수 없이 불러야 할 때는 '저기'라는 안성맞춤인 단어가 있었다.

저기, 학교에서 이거 사인 받아 오라는데. 저기, 내 파란 티셔츠 어디에 놨어.

엄마는 처음에는 알아차리지도 못했다. 그러던 어느 날, 자기도 이상하다는 생각이 들었는지 왜 '엄마'라고 부르지 않느냐고 물었고, 이수는 솔직히 대답했다.

그렇게 부르기 싫다고.

엄마는 화를 냈다. 엄마를 엄마라고 부르기 싫은 이유가 뭔데? 이수는 엄마를 빤히 쳐다봤다. 정말 몰라서 묻나 싶었다.

이수가 그 일을 잊었다고 생각하는 걸까.

기억이란 시간이 흐르면 흐릿해지기 마련이다. 하지만 그 기억은 이상하게도, 시간이 지날수록 세세한 부분까지 또렷이 떠올랐다.

엄마는 한숨을 쉬며 아기를 안아 올렸다.

"나도 모르겠다. 네 인생이니까 네가 알아서 해."

낡은 핸드백 속에서 벨소리가 울렸다. 엄마는 핸드폰을 꺼내 들여다보고는 서둘러 전화를 껐다.

표정만 봐도 알 수 있다. 엄마가 요즘 만나는 늙다리. 아빠가 죽은 뒤로 엄마는 끊임없이 남자를 갈아 치웠다.

엄마가 나가고 이수는 소파에 드러누웠다. 오후 다섯 시. 게임 말고는 할 일이 없다.

그 집에나 가 볼까.

이수는 지난주에 그 집에 세 번 다녀왔다. 일주일에 세 번 이상 나와야 기회를 얻을 수 있다고 했기 때문이다. 지난주 화요일 다섯 시, 아이들은 시간이 정말로 멈추는지 확인해 보기 위해 그 집에 모였다. 그 수상한 아저씨의 말은 진짜였다. 가장 늦게 온 이수가 거실에 들어선 순간, 벽시계의 추가 멈췄다. 강민과 선미가 찬 손목시계의 바늘도 마찬가지였다. 핸드폰 시계도 더 이상 가지 않았다. 놀라움을 한 방에 덮어 버릴 만큼 아쉬운 점도 있었다. 시간과 함께 인터넷도 멈춰 버렸다. 다시 말해, 핸드폰 게임을 할 수 없다는 뜻이었다. 강민은 일주일에 한 번이라도 시간을 정해 다 같이 모이자고 호들갑을 떨었다. 학원이나 집에 가야 한다는 걱정 없이 마음껏 놀자고 말이다.

이수는 그 집을 나오며 시계를 봤다. 다섯 시 오 분. 자신이 거실에 들어섰을 때의 시간과 똑같았다. 앙상한 팔뚝에 돋은 소름을 내려다보며 이수는 자신이 갖게 된 엄청난 기회에 대해 생각했다. 이 기회를 잘 써먹을 방법을 찾아야 했다. 로또 당첨 같은 소망은 들어주지 않는다니 생각할수록 짜증이 났다. 어느 문을 선택하고 어떤 소망을 적어야 이 거지 같은 집구석에서 벗어날 수 있을까. 하지만 으리으리한 집이나 멋진 스포츠카보다 자주 떠오르는 것은 아빠의 뒷모습이었다. 과거의 문으로 들어가서 아빠를 살린다? 하지만 그 일이 벌어졌을 때, 이수는 고작 6살이었다. 그때 나이로는 돌아갈 수 없다. 그리고 죽음은 그 집도 건드릴 수 없는 문제라고 했다.

과거로 가든 미래로 가든 아빠는 결국 죽는다.

게다가 이수는 아빠를 살리고 싶은 마음도 딱히 없었다. 그 남자는 좋은 아빠와는 거리가 멀었다. 아빠가 살아 있다면 이수의 인생은 지금보다 훨씬 피곤해졌을 것이다.

***

—아무도 안 와? 오늘 야자 없는 날이라 여섯 시까지 자유! 같이 라면 먹을

사람! 16:40

　단톡방에 올라온 강민의 카톡을 보고 자영은 망설이다 손가락을 움직였다.

　－집인데 금세 갈게요. 16:41

　자영은 옷장을 열고 교복을 입을지 청바지에 티셔츠를 입을지 고민했다. 집에서 간다고 말했으니 교복을 입고 가는 건 어색해 보인다. 자영은 청바지와 보라색 반팔 티셔츠를 침대에 펼쳤다. 설레던 마음은 조금씩 수그러들었다. 강민의 카톡에 일 분 만에 답장을 보낸 것도 부끄러웠다.
　정신 차려. 나 같은 애를 좋아할 리 없잖아. 동생이니까 잘해 주는 걸 텐데.
　다시 카톡음이 울렸다. 강민이 답장을 보낸 모양이다. 하지만 카톡창을 연 순간, 자영은 가슴이 서늘해졌다.

　－배종은 님이 박자영 님을 초대했습니다.

　자영이 카톡방에 들어오자마자 처음 보는 아이가 메시지를 입력했다.

-쟤가 니가 말한 애야?? 16:43

-어ㅋㅋㅋㅋㅋㅋㅋㅋㅋ. 아직도 모르냐? 졸라 유명한데. 16:43

자영은 핸드폰 화면만 바라보았다. 다음 메시지를 기다리는 것 말고는 할 수 있는 일이 없었다. 좋은이 메시지를 입력했다.

-야따! 인사해. 16:44

심장이 정신없이 날뛰었다. 자영은 순순히 좋은이 시키는 대로 했다.

-안녕. 16:46

메시지가 쏟아졌다. 전부 모르는 아이들이다.

-와, 쩐다. 16:46

-대박ㅋㅋㅋㅋㅋㅋ. 16:46

-병신아, 왕따가 아니라 카따라고 해야지. 16:47

-카따? 16:48

-카톡 왕따ㅎㅎ. 16:48

종은이 메시지를 입력했다.

　–자, 그럼 지금부터 카따에게 공격 들어갑니다. 16:50

　카톡 알림음이 쉬지 않고 울리기 시작했다. 자영은 거실에 있는 엄마에게 들킬까 봐 핸드폰 설정을 얼른 무음으로 바꿨다. 단톡방에 있는 열댓 명의 아이들이 똑같은 메시지를 쏟아 냈다.

　–너 졸라 나댔다며? 병신 같은 년, 죽어 버려. 16:51
　–너 졸라 나댔다며? 병신 같은 년, 죽어 버려. 16:51
　–너 졸라 나댔다며? 병신 같은 년, 죽어 버려. 16:51
　–너 졸라 나댔다며? 병신 같은 년, 죽어 버려. 16:51

　종은이 메시지를 입력했다.

　–야따! 일 분 안에 셀카 올려. 16:55

　자영은 허겁지겁 핸드폰 카메라를 켰다. 단톡방에서 나가거나 종은의 카톡 아이디를 차단하는 일은 생각도 할 수 없었다. 한번은 그랬다가 상가 옥상으로 또 불려 갔다.
　핸드폰 카메라를 셀카 모드로 돌리자 자신의 얼굴이 보였다.

어딜 봐도 예쁜 곳이라고는 찾아볼 수 없는 얼굴. 시간의 집에서 만난 선미가 생각났다. 얇은 입술 때문에 새침해 보이긴 해도 쌍꺼풀 진 눈과 오뚝한 코가 참 예뻤다. 이상한 아저씨와 이수 앞에서도 주눅 들지 않고 당당했다. 자신과는 하나부터 열까지 다르다.

셀카 사진을 단톡방에 전송하자 아이들의 메시지가 쏟아졌다.

—겁나 못생김ㅋㅋㅋㅋㅋ. 17:00

—왕따.jpg 17:01

—성형 각ㅎ. 17:01

—셀카의 나쁜 예. 17:02

자영은 침대에 누워 몸을 웅크린 채 세 개의 문을 떠올렸다. 넉 달만 버티면 미래에서 새로운 삶을 시작할 수 있다. 소망 노트에는 괴롭힘을 당하지 않고 행복하게 살고 싶다고, 날 정말 좋아하는 친구가 생기게 해 달라고 쓴다. 합당한 소망이니 틀림없이 이루어질 것이다.

자영은 청바지와 보라색 티셔츠를 바닥으로 힘없이 떨어뜨렸다.

시간을 건너는 집

2

강민이 울상을 지었다.

"결국 라면은 나 혼자 먹었어. 이 배신자들! 어떻게 한 명도 안 오냐?"

"죄송해요."

자영이 고개를 숙였다.

"엄마가…… 집에서 저녁 먹으라고 해서……."

"아냐, 아냐. 다음에 먹으면 되지. 이수! 넌 왜 안 왔어?"

이수가 싸늘하게 말했다.

"나한테 신경 끄랬지."

"알았으니까 눈 좀 치켜뜨지 마. 야, 이 집에 플스 있는 거 알지? 같이 할래? 한 시간 정도는 게임하다 갈 수 있는데."

"아, 진짜! 나랑 게임 못 해서 환장을 했나."

"뭘 물어봐도 대답도 안 하고. 너랑 같이 할 수 있는 게 게임밖에 없잖아."

"그 멸치 대가리가 일주일에 세 번만 오면 됐댔잖아. 우리끼리 친해지랬어? 절친이라도 되래? 응?"

"야! 어른한테 멸치 대가리가 뭐냐?"

강민은 입을 꽉 다물고 웃음을 참았다. 이수는 강민을 매섭게 노려봤다.

그때 이수의 핸드폰이 진동했다. 반 단톡방에 사진이 올라왔다. 사진을 보는 순간 정신이 번쩍 들었다. 이수는 자영을 빤히 바라봤다. 사진 속 여자 얼굴이 아무래도 자영 같았다.

뚱뚱한 외국 여자가 파란색 비키니를 입고 바닷가에 서 있다. 그 여자 얼굴에 자영의 얼굴을 합성했다. 새파란 하늘에 빨간 글씨로 '진성여중 왕따'라고 써 놨다.

　－야, 이거 봐. 내 여친이 보내 줬는데 진성여중 왕따래. 졸라 찐따처럼 생
　기지 않았냐ㅎ. 17:10

"어이. 너 진성여중 다닌댔지?"
자영의 눈빛이 불안하게 흔들렸다.
"응……. 왜?"
이수의 손가락이 움직였다. 3월에 반 단톡방이 만들어진 이래 처음으로 쓰는 메시지다.

　－저 포샵 사진은 뭐야? 왜 만든 건데? 17:14
　－오~ 싸패 등장이오! 17:14

이수는 피식 웃었다. '싸패'는 '사이코패스'의 줄임말로, 언제나 싸늘한 눈빛으로 아이들을 노려보고 다녀서 얻은 별명이다.

　　　　　　　　　　　　　시간을 건너는 집

이수는 그 별명이 꽤 마음에 들었다. 중학교 1학년 때부터 '싸패'로 불린 덕분에 아무도 이수를 함부로 대하지 못했다. 합성 사진을 올린 아이도 일진 소리를 들을 만큼 꽤 막 나가는 아이였지만, 그 아이조차 이수는 건드리지 않았다.

　-싸패가 쟤 찜했나 본데ㅋㅋㅋ. 17:17
　-죽고 싶냐? 그 입 닥쳐라. 17:18

이수를 '싸패'라고 부른 아이는 금세 입을 다물었다. 자영의 사진을 올린 아이도 대답이 없다. 포샵 사진을 왜 만들었느냐는 이수의 질문을 곱씹는 중일 것이다. 사진을 올린 행동을 비난하는 건지, 아니면 합성 사진을 만든 이유를 정말로 궁금해하는 건지. 아이는 당연히 후자의 뜻으로 이해했다.

　-내 여친이 자기 카톡 프사로 쓰려고 만들었대. 17:21

강민이 핸드폰 위로 얼굴을 불쑥 들이밀었다.
"누구랑 얘기해?"
"아, 진짜! 저리 꺼져!"
이수는 재빨리 핸드폰을 뒤집었다. 자영은 여전히 불안한 얼굴로 이수를 흘끔거렸다. 이수는 멸치 대가리의 선택 기준을 어렴풋이 이해할 수 있었다. 한 명은 왕따, 한 명은 싸패. 그럼 이형은 뭘까. 바보처럼 해맑은 얼굴인데. 그 의심 많고 예쁘장한 누나도 왕따인가.

자영이 속삭이듯 물었다.

"넌…… 무슨 중학교 다녀?"

이수는 하마터면 큰 소리로 웃을 뻔했다. 이수가 다니는 상수중학교는 자영의 학교와 버스 세 정거장 거리에 있었다. 멸치 대가리는 서울에서 두 명, 경기도에서 두 명을 뽑은 모양이다. 강민과 선미와 달리, 이수와 자영은 얼마든지 마주칠 수 있는 거리에 살았다. 이수는 자영의 당황한 표정을 보고 싶어졌다.

"상수중학교. 너희 학교랑 겁나 가깝지?"

자영의 얼굴이 순식간에 굳어졌다. 강민이 말했다.

"엇. 너희 같은 동네 살아?"

이수는 강민을 무시하고 말했다.

"너, 학교에서 졸라 유명하더라. 몰라봬서 죄송."

강민이 팔꿈치로 이수의 옆구리를 찔렀다.

"무슨 말이야? 같이 좀 알자."

자영이 황급히 책가방을 집었다.

"저…… 저는 먼저 갈게요."

강민이 말했다.

"어, 벌써? 조금만 더 있다 가!"

자영은 도망치듯 거실을 나갔다. 이수는 씩 웃었다.

병신. 저러니까 왕따나 당하지.

강민이 다시 이수의 옆구리를 찔렀다.

"자영이가 유명하다니? 전교 1등. 뭐, 그런 거야?

거실에 정적이 흘렀다. '싸패'라고 처음 불렸던 날, 이수는 인터넷에 사이코패스의 특징을 검색했다. 감정을 느끼지 못하고, 공감 능력이 없으며, 살인 충동을 느끼는 사람. 매력적인 외모와 화려한 언변 같은 특징도 있었지만 자신과 관련 없는 부분은 무시해 버렸다.

사이코패스에 대해 알게 된 뒤로, 이수는 모아 둔 용돈을 털어 비싼 주머니칼을 샀다. 그리고 언제나 오른쪽 바지 주머니에 그 칼을 넣고 다녔다. 살인 충동 같은 건 느낀 적이 없었지만, 막상 칼을 사자 써 보고 싶은 마음이 들었다. 아빠에 대한 기억이 불쑥 떠오를 때, 남자와 통화하는 엄마 목소리를 들을 때, 엄마가 이수 앞에서 돌보는 아기를 칭찬할 때처럼 머릿속이 뜨거워질 때면 특히 그랬다.

이수는 바지 주머니에 손을 넣고 칼을 쥐었다. 그리고 강민을 물끄러미 바라보았다.

"저기요. 죽기 싫으면 신경 좀 끄세요."

3

6인실의 전등은 대부분 꺼져 있었다. 엄마의 모습이 제대로 보이지 않아 선미는 오히려 마음이 편했다.

"그래서? 엄마는 또 항암 치료 한대?"

"하고 싶다고는 하는데 몸이 버틸지 모르겠다. 엄마한테는 말 안 했는데 이번 약도 안 들으면 가망이 없대."

가망이 없다는 건 의사가 아니라도 엄마의 모습만 보면 누구나 짐작할 수 있었다.

1년 전만 해도 엄마의 콤플렉스는 커다란 엉덩이와 두꺼운 허벅지였다. 거울에 하체를 이리저리 비추어 보며 요즘 엄마들은 어쩜 그렇게 날씬하고 예쁜지 모르겠다고 구시렁댔다. 살을 빼겠다며 여러 가지 방법을 쓰기도 했다. 헬스, 수영, 필라테스 같은 운동부터 한약 다이어트, 간헐적 단식, 키토제닉, 방탄 다이어트 등 안 해 본 게 없었다. 꿈쩍도 안 하던 살은 췌장암 선고와 동시에 무서운 속도로 사라졌다. 농담할 기운이 아직 남아 있던 무렵, 엄마는 힘없이 웃으며 말했다.

그러니까, 안 빠지는 살이 아니었던 거지.

암 선고에도 엄마는 담담해 보였다.

나, 어떻게든 나을 거야. 그러니까 우리 딸은 신경 쓰지 말고 공부나 열심히 해. 무조건 교대 가는 거야. 알았지?

　　　　　　　시간을 건너는 집

선미는 엄마의 병을 인터넷으로 검색했다. 난공불락의 암, 생존률이 낮아 예후가 안 좋은 암, 통증이 가장 심한 암. 희망적인 말은 찾을 수가 없었다.

엄마는 푸념하듯 아빠에게 말했다. 자기가 도대체 왜 암에 걸렸는지 모르겠다고. '유기농'이라는 단어를 하루에도 몇 번씩 들을 만큼 엄마는 먹거리에 늘 신경을 썼다. 유기농 채소들과 무항생제 고기와 계란, 방사능 검사를 철저히 걸친 생선만 식탁에 올라왔다. 술, 담배도 하지 않았고, 암으로 죽은 가족도 없었다.

인터넷 기사에 따르면 스트레스도 암 발병을 일으킬 수 있다고 했다. 유명한 대기업의 핸드폰 파트 연구원인 선미의 아빠는 무뚝뚝하긴 해도 가족밖에 몰랐다. 선미는 엄마의 기대에 완벽히 부응하지는 못했지만 성적은 늘 상위권이었다. 스트레스도 원인은 아닌 것 같았다.

엄마는 링거로 항암제를 맞으면서도 선미의 학업 진도를 체크했다. 입원 중에도 다른 엄마들에게 전화를 돌려 어떤 학원이 좋은지, 그 집 아이는 이번에 몇 점을 받았는지 물었다. 하지만 선미의 성적은 엄마의 암 선고와 동시에 쭉쭉 떨어졌다. 공부가 손에 잡힐 리 없었다.

암 세포가 몸 곳곳에 전이됐다. 온몸의 털이 빠졌고, 몸은 해골처럼 말라 갔으며, 복수가 차오르고, 통증은 심해졌다. 항암 치료가 끝나서 잠시 집에 머무를 때면 밤마다 엄마의 신음이 들렸다. 차라리 죽여 달라고 아빠에게 빌 때도 있었다. 엄마가 통증을 견디다 못해 응급실에 실려 가거나 다시 항암 치료를 위해 병원에 입원할 때면 선미는 그제야 깨지 않고 잠들 수 있었다.

선미가 병원을 찾는 횟수는 점점 줄어들었다. 엄마도 선미가 병원보다는 학원에 있기를 바랐다. 선미는 학원 수업이 모두 끝난 뒤에야 가끔씩 병원에 들렀다. 밤에는 엄마의 참혹한 모습이 선명하게 보이지 않았기 때문이다.

"벌써 열 시가 넘었다. 택시 타고 들어가. 카톡으로 차 번호 보내고."

간병인 아주머니가 급한 일이 생겼다며 가 버린 바람에 아빠가 병원에서 불침번을 서야 했다. 아빠는 선미를 데리고 복도로 나왔다.

"너, 이번 주 금요일이 생일이잖아. 친구들 만날 거지?"

아빠는 안경을 벗고 눈을 벅벅 비볐다. 흰자가 눈병에 걸린 것처럼 빨갰다. 대기업 연구원은 만만한 일자리가 아니다. 아빠는 저녁 아홉 시가 돼서야 일을 마친 뒤 병원에 들렀다가 집으로 왔다. 게다가 선미의 친할머니도 상대해야 했다. 거의 아흔이 된 할머니는 살짝 치매기가 있었는데, 아직도 병원에 있는 엄마에게 전화를 걸어 넌 도대체 언제 낫냐고, 언제 애비를 챙길 거냐고 고래고래 소리를 질렀다.

아빠는 지갑에서 오만 원짜리 지폐 두 장을 꺼냈다.

"이걸로 친구들 밥 사 줘."

"아, 됐어. 엄마 병원비도 장난 아니잖아."

"네가 그런 걱정을 왜 해? 아빠 돈 잘 버니까 얼른 받아."

선미와 아빠는 올해 초에 중계동에서 성북동으로 이사를 했다. 아빠는 성북동이 엄마가 있는 병원과 훨씬 가깝다는 이유를 들었지만, 사실은 아파트 대출에 엄마의 병원비를 도저히 감당할 수 없었다.

아빠가 중계동 아파트를 팔았다고 하자, 엄마는 눈물을 쏟으며 자기 가슴을 쳤다.

내가 차라리 죽고 말지. 성북동 학군이랑 중계동 학군을 어떻게 비교해.

선미는 할 말을 잃었다. 곧 죽을지도 모르는 사람이 학군 걱정이라니. 엄마가 우는 모습을 본 건 그때가 처음이었다. 암 선고를 받고도 울지 않았던 엄마였다.

선미는 지폐 한 장을 아빠에게 돌려주었다.

"이거면 충분해."

4

소파에서 책을 읽던 자영은 선미를 보자마자 스프링처럼 튀어 올랐다.

"언니, 안녕하세요."

"존댓말 안 해도 되거든? 너밖에 없어?"

"네, 아직은……."

틴트 하나 바르지 않은 맨얼굴. 요즘 중학생답지 않게 수수하고 예의 바르다. 하지만 무엇 때문인지 볼 때마다 주눅 든 모습이다. 음침한 중학생 남자아이와 소심한 중학생 여자아이, 부담스러울 정도로 살갑게 구는 고등학생. 다른 곳에서 만났다면 상대도 안 했을 아이들이다.

둘 사이에 어색한 침묵이 흘렀다. 선미는 강민이라도 빨리 나타났으면 싶었다.

"1층에 있는 다른 방에는 뭐가 있어? 들어가 봤어?"

"방 하나는 서재예요. 커다란 책상이 있고…… 책장에 책들이 아주 많아요. 우리 때문에 새로 사셨는지 요즘 책들도 많고…… 만화책도 있어요. 다른 방에는 커다란 옷장만 있는데 옷은 없고 요랑 이불만 들어 있어요. 서재…… 구경하실래요?"

"됐어. 교과서 보는 것도 지겨운데."

선미는 괜히 거실에 놓인 가구들을 둘러봤다. 선미와 자영이 마주 앉은 기다란 초콜릿색 소파와 그 사이에 놓인 탁자는 여러 사람이 사용한 흔적이 느껴진다. 기다란 벽시계도 옛날 영화에서나 봤을 법한 디자인이다. 좌우로 흔들리고 있는 시계추는 얼마나 녹이 슬었는지 움직이는 게 신기할 정도다.

"저기, 언니……."

"말해."

"혹시…… 다음에 여기 오실 때…… 언제 오실지 미리 알려 주시면 안 돼요? 남자들만 있으면 좀 불편해서…… 특히 이수랑 단둘이 있는 건…… 좀 그래서."

"이수가 왜?"

괜한 질문이었다. 이수와 둘이 있으면 선미 역시 불편했을 것이다. 선미는 핸드폰을 꺼내 달력을 봤다.

"다음 주는 추석이네."

"아, 맞다……. 그럼 추석에는…… 못 오세요?"

"올 거야."

간병인 아주머니가 쉴 테니 연휴 내내 아빠와 꼼짝없이 엄마를 돌봐야 한다. 생각만 해도 우울한 연휴다.

현관문이 열리는 소리가 나더니 이수가 거실에 들어섰다. 그새 머리가 훨씬 덥수룩해졌다. 이수가 선미를 빤히 쳐다보는 바람에 선미는 어색하게 인사를 건넸다.

"오랜만이네. 잘 지냈니?"

"지난주에 봤는데 뭐가 오랜만이야. 거기 내 자리니까 비켜."

선미는 뭐라고 쏘아붙여 주고 싶었지만 참았다. 저런 아이와 입씨름을 해 봐야 좋을 게 없다. 선미는 일부러 크게 한숨을 쉬며 자영의 옆자리로 옮겼다. 그러고는 자영에게 속삭였다.

"나 이제 간다."

"아······. 저도 같이 가도 돼요?"

"우르르 나가면 안 된다며."

"맞다."

선미가 말했다.

"너부터 나가."

"언니······. 나중에 카톡 보내도 돼요?"

자영의 간절한 눈빛에 선미는 어쩔 수 없이 고개를 끄덕였다. 자영은 이수를 피해 얼른 거실을 나갔다.

현관 쪽에서 강민의 우렁찬 목소리가 들렸다.

"어, 자영! 어디 가! 우리 파티 해야 돼!"

자영이 강민에게 붙들려 다시 나타났다. 어깨에 얹힌 강민의 손 때문인지 자영의 얼굴이 새빨갰다. 강민의 다른 손에는 하얀 케이크 상자가 들려 있다.

"이수도 왔구나. 잘됐다! 넷이 다 모였네!"

아이들은 약속이라도 한 듯 벽시계를 쳐다봤다. 녹슨 시계추가 멈췄다. 가느다란 초침도 가지 않는다. 강민이 말했다.

"아싸! 이제 우린 자유다! 선미! 오늘 생일이지?"

선미는 가슴이 철렁했다. 케이크 상자를 봤을 때 이미 불길한 느낌이 들었다.

시간을 건너는 집

"어떻게 알았어?"

"오늘 아침에 잠깐 여기 들렀어. 아침을 못 먹어서 우유나 한 잔 마시려고 냉장고를 열었는데, 냄비에 포스트잇이 붙어 있더라. '선미야, 생일 축하한다'라고 써 있고. 할머니가 미역국을 끓여 놓으셨더라고."

자영이 울상을 지었다.

"선물도 못 샀는데……."

강민이 자영을 소파 쪽으로 호들갑스럽게 떠밀었다.

"내가 케이크 샀으니까 괜찮아. 오늘 날씨 짱 좋아. 미세먼지도 최고 좋음! 우리 마당에서 파티 하자!"

이수가 비아냥거렸다.

"돗자리라도 까시게?"

"아니. 이 집 뒤쪽에 보면 지하실로 내려가는 문이 있어. 창고로 쓰는 곳인데 거기 파라솔이랑 야외용 탁자가 있어. 가져와서 마당에 펴자. 자영이는 냉장고에서 과일이랑 음료수 좀 꺼내 줄래? 이수는 나랑 지하실로 가고. 혼자 들고 오긴 무거워서."

"저기, 잠깐. 파티 같은 거 하기 싫어. 자영이랑 나, 지금 나가려던 참이었어. 엄마 병원에도 가야 하고."

선미는 아차 싶었다. 당황해서 쓸데없는 소리를 해 버렸다.

"엄마 병원?"

"별일 아냐. 학원도 가야 하고 오늘은 좀 바빠."

강민이 검지를 장난스럽게 흔들었다.

"노노. 그런 핑계는 안 통해. 시계 멈춘 거 안 보여? 이 케이크, 엄청 유명한 제과점까지 일부러 가서 사 왔다고."

강민이 자영의 어깨를 붙잡은 손에 힘을 주자 자영이 황급히 말했다.

"언니, 케이크라도 드시고 가세요."

"이수! 빨리 탁자 가지러 가자!"

선미와 이수의 눈길이 마주쳤다. 이수가 그런 일을 하고 싶어 할 리 없다. 선미는 난처해서 고개를 돌렸다.

"무슨 파티야, 얼어 죽을. 저 누나 바쁘다잖아."

강민은 케이크 상자를 탁자에 잽싸게 내려놓더니 이수의 팔을 잡아당겼다.

"에이, 같이 좀 가자."

"이거 안 놔?"

"같이 가면 놓을게."

이수가 강민의 팔을 홱 뿌리쳤다.

"아, 진짜. 겁나 귀찮게 하네."

이수는 오만상을 찌푸리며 소파에서 일어났다. 강민이 이수의 어깨에 팔을 두르자 이수가 얼른 뿌리쳤다. 강민은 꿋꿋이 다시 손을 올렸다. 둘은 몸싸움을 하다시피 하며 요란하게 거실을 나갔다. 선미와 자영은 둘의 뒷모습을 바라보다 피식 웃었다.

"김강민, 진짜 웃기지 않니?"

"네. 정말 좋으신 분 같아요."

선미는 자기도 모르게 큰 소리로 웃었다. 자영의 눈이 동그래졌다.

"너랑 강민이, 고작 세 살 차이야. 극존칭 좀 쓰지 말아 줄래?"

"죄송해요, 언니……. 저는 그냥……."

"됐어. 간식이나 준비하자."

자영이 간식거리를 꺼내는 동안, 선미는 냉장고를 열었다. 큼직한 냄비에 강민이 말했던 포스트잇이 붙어 있다. 자영이 사과 주스를 유리잔에 따르며 물었다.

"언니, 오늘 미역국 드셨어요?"

"아니."

"그럼 지금 드세요. 밥도 있는데……."

"배 안 고파."

"그래도……. 아무도 안 먹으면 할머니가 많이 섭섭해하실 텐데……."

자영의 말을 듣자 마음이 흔들렸다. 생일을 어떻게 알았는지는 모르겠지만 어젯밤이나 오늘 새벽에 미리 끓여 놓았을 터였다.

"너도 같이 먹을래? 나 혼자 먹기는 좀 그런데."

"아, 네……. 그럼 저도……."

"강민이랑 이수한테도 먹을지 물어보고 올래?"

"아……."

자영이 난처한 얼굴을 했다. 이수가 어지간히 불편한 모양이다.

"내가 물어보고 올 테니까 넌 국 데우고 있어."

어느새 마당에 널찍한 원목 탁자가 펼쳐졌다. 편의점 앞에 흔히 있는 플라스틱 탁자를 생각했는데, 이 탁자는 한눈에 보기에도 묵직했다. 강민과 이수의 이마에 땀방울이 맺혀 있었다. 강민이 선미를 보고 말했다.

"와. 이거 진짜 무거워! 계단 올라오는데 죽는 줄 알았어."

이수가 강민을 노려봤다.

"다시 치우자고 하기만 해 봐."

"그래. 일단 여기 두자. 나도 도저히 못 가지고 내려가겠어. 할머니한테 우리가 쓰겠다고 메모 남기지, 뭐."

이수가 으름장을 놓았다.

"파라솔은 안 가져온다."

"어, 이왕 시작한 김에 파라솔도 세우자. 훨씬 근사할 텐데."

"아 씨, 그걸 누가 본다고!"

"우리가 보잖아! 한번 세워 두면 요긴하게 쓸걸?"

선미가 끼어들었다.

"저기, 나 미역국이랑 밥도 조금 먹으려고. 건드리지도 않으면 할머니가 섭섭해하실 것 같아서. 같이 먹을 사람?"

　　　　　　　　　　　　　　시간을 건너는 집

강민이 손을 번쩍 들었다.

"나! 완전 배고파졌어."

"너는?"

이수는 팔짱을 낀 채 탁자만 노려보았다. 뭐가 그렇게 불만스러울까. 중2병에 걸려도 단단히 걸린 모양이다. 선미는 다시 집으로 들어가며 말했다.

"이수 것도 준비할게."

탁자 위에 청록색 파라솔이 드리워졌다. 탁자 색깔과 똑같은 벤치형 의자도 두 개 놓였다. 강민이 탁자 가운데에 케이크를 놓았다. 눈 덮인 벌판을 연상시키는, 과일 장식 하나 없는 생크림 케이크다. 선미가 물었다.

"저기, 일부러 이런 케이크를 고른 거야?"

"그 말 할 줄 알았어. 그 빵집에서 이 케이크가 제일 유명해. 뭐, 우리 운동화 같기도 하고."

강민이 킥킥거렸다. 도저히 미워할 수 없는 아이다. 고민이라고는 전혀 없어 보이는데 왜 이 집의 멤버가 됐을까. 선미가 어색하게 말했다.

"다들 고마워. 이수도 수고했어."

기다란 초 한 개와 짧은 초 여덟 개가 타올랐다. 강민이 우렁차게 생일 축하 노래를 부르기 시작했다. 자영과 선미가 조그맣게 따라 부르고, 이수는 레이저가 나올 듯한 눈빛으로 촛불만 노려봤다. 강민이 말했다.

"소원 빌어, 소원!"

선미는 눈을 감았다.

제발 엄마가 올해의 마지막 날까지 무사하게 해 주세요.

다들 배가 고팠는지 밥부터 먹기 시작했다. 작년 생일에도 엄마는 병원에 있어서 미역국을 끓여 주지 못했다. 따끈한 미역국을 입에 넣은 순간 선미는 가슴이 저릿했다.

이수가 손등으로 이마의 땀을 훔쳤다.

"아 씨, 겁나 덥네. 그냥 안에서 먹지."

강민이 말했다.

"거봐. 파라솔 세우길 잘했지? 우아, 미역국 엄청 맛있는데! 선미야, 이따 다른 계획 있어?"

"아니."

"친구들 안 만나? 다 학원 가느라 바쁜가?"

"나 친구 없는데."

강민의 눈이 커졌다.

"왜?"

"지금 사는 동네로 올해 이사 왔거든. 전학 왔더니 벌써 끼리끼리 다 친하더라고. 나도 딱히 어울리고 싶은 마음도 없고, 혼자가 편하기도 하고."

엄마 얘기를 안 해도 되고, 다른 엄마들이 딸을 살뜰히 챙기는 모습을 보지 않아도 되고.

강민이 고개를 끄덕였다.

"그렇구나. 괜찮아, 이제 우리가 있잖아! 근데 다들 형제는 어떻게 돼? 나는 형이 있는데 미국에서 대학 다녀. 다음 주가 추석이라 부모님은 형 보러 간다는데 난 학원 핑계 대고 빠졌어. 따라가면 여기 올 시간이 없어서."

자영이 말했다.

"저는…… 남동생. 아직 돌도 안 지났어요."

강민이 말했다.

"와! 진짜 아기잖아! 엄청 귀엽겠다!"

자영이 씁쓸하게 웃었다. 선미가 말했다.

"난 외동. 이수도?"

덥다고 투덜거렸던 모습이 무색하리만큼 이수는 열심히 밥을 먹고 있었다. 선미의 질문에는 건성으로 고개를 끄덕였다. 강민이 담장을 가리켰다.

"담장을 왜 저렇게 높게 지었나 궁금했는데 이제야 알겠어. 그래야 다른 사람들이 안 보일 거 아냐. 시간이 멈추면 바깥에 있는 사람들은 어떤 모습일까? 만화 영화에서처럼 모든 게 정지 상태일까?"

도무지 상상하기 힘든 일이다. 다른 사람들의 모습도 그렇지만, 넷은 사는 동네가 모두 다르다. 만약 바깥 모습을 볼 수 있다면 어떤 곳이 보일까.

"한번 열어 보자."

아이들이 선미를 바라봤다.

"저 대문 말이야. 우리 넷이 다 함께 밖을 바라보면 어떤 곳이 보일지 궁금하지 않아?"

강민이 말했다.

"궁금하긴 한데…… 그래도 될까?"

"왜 안 돼? 대문 열지 말라는 규칙은 없었잖아."

자영이 중얼거렸다.

"나갈 때는…… 한 명씩 나가라고 했으니까. 그 말 속엔…… 그런 행동도 하지 말라는 뜻이 있는 거 아닐까요…….”

강민과 자영은 굳이 대문을 열고 싶은 마음이 없어 보였다. 아이들이 반대한다면 선미도 억지를 부릴 생각은 없었다.

"알았어. 다들 궁금해할 줄 알았지. 이제 케이크 먹을까?"

그때 이수가 의자에서 벌떡 일어나더니 대문 쪽으로 성큼성큼 걸어갔다. 나머지 아이들이 말릴 틈도 없이 대문 손잡이를 잡아당겼다. 자영은 작게 비명을 지르며 두 손으로 얼굴을 감쌌다. 하지만 대문은 열리지 않았다. 걸쇠가 걸려 있지 않았는데도 아무리 잡아당겨도 꿈쩍도 하지 않았다. 이수는 이제 온 힘을 다해 두 손으로 손잡이를 흔들었다.

"뭐야. 이거 왜 안 열려?"

강민도 대문 쪽으로 와서 이수와 함께 손잡이를 잡았다.

"어, 진짜네? 꼼짝도 안 해."

자영이 불안한 얼굴로 말했다.

"우리…… 이 집에 갇힌 거예요?"

선미가 말했다.

"자영이 말대로 한 번에 한 명씩 나갈 때만 문이 열리나 봐. 소용없을 것 같으니까 둘 다 그만 잡아당겨. 이따 집에 갈 때는 열리겠지. 와, 이 집…… 진짜 만만치 않은데?"

강민과 이수는 떨떠름한 얼굴로 다시 식탁에 앉았다. 선미가 물었다.

"창고에 사다리 같은 건 없었어? 그럼 담 너머를 볼 수 있을 텐데."

"사다리는 못 봤어."

"근데, 지하실에 창고가 있다는 건 어떻게 알았어?"

"아, 그게. 여기 온 지 며칠 안 되던 날에 집을 한 바퀴 둘러보다 우연히."

강민이 황급히 말을 돌렸다.

"다들 어떤 문으로 들어갈지는 생각해 봤어? 아저씨가 최종 결정은 말하면 안 됐지만, 12월이 되려면 멀었으니까 괜찮겠지?"

이수가 팔짱을 낀 채 강민을 노려봤다.

"그쪽은 어디로 갈 건데?"

"글쎄, 난 아직 생각……."

"그쪽은 도대체 왜 여기 있는 거야? 쟤는 왕따고, 이 누나도 사연 있어 보이고, 나도 겁나 불행하거든? 그런데 그쪽은 뭐야? 강남 살고 형도 미국에서 대학 다닌다며. 그럼 부잣집 아들일 거 아냐. 부족한 것도 없으면서 왜 이 집의 멤버가 됐냐고. 멸치 대가리가 우리 감시하라고 보낸 스파이 같은 거 아냐?"

선미는 옆에 앉은 자영을 바라봤다. 안 그래도 굽은 목이 더욱 아래를 보고 있다. 자영이 왕따라고? 이수는 그걸 어떻게 알았을까. 선미가 없었을 때 무슨 이야기가 오간 모양이다. 강민이 말했다.

"너희를 감시할 게 뭐가 있어? 일주일에 세 번씩 나왔는지 몰래 출석부라도 써서 보고하는 것 같아? 왜 이 집의 멤버가 됐는지 묻는다면 솔직히 할 말이 없어. 그래도…… 이건 살면서 다시는 겪기 힘든 아주 특별한 일이잖아. 별다른 선택 없이 현재의 문으로 들어간다 해도, 지금 이 기억을 결국 잃어버린다 해도, 그때까지 너희랑 잘 지내다 헤어지고 싶어. 그게 다야."

선미는 망설이다 물었다.

"자영이가 왕따라는 건 뭐야? 다른 애들이 괴롭히니?"

앞으로 쏠린 머리카락 때문에 자영의 표정을 볼 수가 없었다.

"아무것도…… 아니에요."

"알았어. 그럼 딱 하나만 물을게. 부모님도 아셔?"

자영이 고개를 흔들었다.

"말해야 돼. 그래야 학폭위라도 열지. 가만있으면 점점 심해 질걸? 그런 애들, 다른 학교로 전학 보내는 방법도 있어."

"언니도 친구 없잖아요."

선미는 잠시 말문이 막혔다.

"난 너랑 달라. 내가 선택한 거고, 날 괴롭히는 사람도 없어. 너도 친구 없이 혼자 있는 게 좋아?"

"이제 몇 달만 참으면 돼요. 엄마는 아기 때문에 정신없는데 걱정 끼치는 것도 싫고…… 학폭위 같은 거 열면 더 괴롭힘 당 할지도 모르니까……."

"그때까지 불행하게 살아도 상관없다?"

자영이 왜 늘 주눅 든 모습인지 선미는 이제야 이해가 됐다. 이수가 중얼거렸다.

"저렇게 만만하게 구니까 왕따나 당하지. 나 같으면 죽을 각 오로 들이받을 텐데."

선미가 차갑게 말했다.

"그만해."

아이들의 대화를 말없이 듣던 강민이 엉거주춤 일어났다. 낯빛 이 케이크 색깔만큼 창백했다. 이수가 강민을 보고 코웃음 쳤다.

"왜 저래? 쇼크라도 먹으셨나."

"미안. 갑자기 머리가 너무 아파서……. 저기, 우울한 얘기는 그만하고 케이크나 먹자. 주인공! 케이크 좀 잘라 봐."

선미는 케이크를 잘라 아이들에게 나누어 줬다. 하지만 분위기는 이미 어색해졌다. 이수만 빼고는 다들 먹는 둥 마는 둥 했다. 이수와 자영이 그릇들을 부엌으로 나르는 동안, 강민은 남은 케이크를 상자에 넣었다.

"아까 엄마가 병원에 계시다며. 어디 안 좋으셔?"

선미는 탁자를 닦던 물티슈를 내려놓았다.

"진짜 스파이라도 돼? 네 덕분에 분위기가 이 정도인 건 알겠는데 너무 꼬치꼬치 캐묻지는 마. 하기 싫은 얘기까지 해야 할 의무는 없잖아."

집 안에서는 자영이 설거지를 시작했다. 이수는 냉장고에 반찬통과 냄비를 넣었다.

"야."

자영이 이수를 돌아봤다. 지금 이 순간만큼은 좋은과 세은보다 이수가 미웠다.

"왜 꼬나보냐? 내가 너 왕따인 거 떠벌려서? 내가 틀린 말 했냐?"

자영은 고개를 돌렸다. 넉 달만이라도 이 집에서는 야따 박자영이 아닌 평범한 여중생으로 지내고 싶었다. 앞에서는 걱정하는 척하겠지만 얼마나 바보 같으면 왕따를 당한다고 생각할까.

"야, 너 괴롭히는 애들. 몇 명이냐?"

"알아서 뭐 하게."

이수가 씩 웃었다.

"내가 걔들 죽여 줄까?"

5

강민은 습관처럼 현관을 내려다봤다. 운동화 한 켤레가 가지런히 놓여 있다. 자영은 강민에게 따로 하고 싶은 말이 있다고 했다. 둘은 아침 아홉 시로 약속을 잡았다. 추석 연휴 첫날이니 이렇게 일찍 나타날 멤버는 없을 것이다.

거실에 들어선 강민을 보고 자영이 벌떡 일어났다. 강민은 여느 때처럼 환하게 웃었지만 속으로는 자영이 무슨 말을 할지 긴장하고 있었다.

"안녕! 오래 기다렸어?"

"저도 방금 왔어요. 죄송해요, 오빠……. 쉬는 날인데 일찍 오라고 해서……."

"괜찮아. 오늘 새벽에 엄마 아빠가 공항 가셨거든. 그래서 나도 덩달아 일찍 깼어."

강민은 자영의 맞은편 소파에 앉았다. 단둘이 있었던 적이 처음도 아닌데 오늘따라 분위기가 어색하다.

"하고 싶은 말이 뭐야? 편하게 해 봐."

자영은 핸드폰을 꺼내 강민에게 내밀었다. 핸드폰을 쥔 조그만 손이 눈에 띄게 떨렸다. 강민은 핸드폰에 뜬 이미지를 확인했다.

"담배?"

"네. 꼭 이 담배로 다섯 갑만 사다 주시면……. 돈은 여기……."

자영은 소파 사이에 놓인 탁자에 네모나게 접은 지폐를 놓았다.

"정말 죄송해요……. 제발…… 선미 언니나 이수한테는 비밀로 해 주세요."

"네가 피우려는 건 아닐 테고. 왜 담배를……. 잠깐, 혹시 널 괴롭히는 애들이 시킨 거야?"

"죄송해요, 오빠. 나 같은 중학생한테 담배를 팔 리가 없으니까……. 아무리 생각해도…… 오빠밖에 부탁할 사람이 없어서……."

자영이 고개를 숙였다.

"한 번만 부탁드릴게요. 정말 죄송해요."

"죄송하다는 말 좀 그만해. 걔들 도대체 왜 그러는 거야? 언제부터 널 괴롭힌 거야?"

너무 꼬치꼬치 캐묻지는 마. 하기 싫은 얘기까지 해야 할 의무는 없잖아.

강민은 선미의 말이 떠올라 서둘러 말했다.

"아냐. 좋은 기억도 아닐 텐데 말 안 해도 돼. 노력은 해 보겠지만 살 수 있다고 장담은 못 하겠다. 요즘엔 작은 슈퍼마켓에서도 신분증 검사 엄청 철저히 하거든. 문제는 이번으로 끝나지 않을 거라는 점이야. 다음엔 더 큰 걸 요구할지도 몰라. 너도 알지?"

자영이 얼른 고개를 끄덕였다. 나중 일은 어떻게 되든 강민에게 거절당하지 않았다는 사실에 마음이 놓인 모양이다. 강민은 지폐를 주머니에 대충 넣었다. 이런 부탁을 들어주는 게 잘하는 일인지 혼란스러웠다.

"처음에는 친했어요……."

"응?"

자영이 두 손을 맞잡은 채 강민을 바라봤다. 억울하고 답답했다. 미래의 문으로 들어가기 전까지 어떤 일이 자신을 기다리고 있을지 두려웠다. 지금까지의 일을 털어놓는다면 마음이 조금이라도 편해질까. 강민에게는 이야기할 수 있을 것 같다. 어떤 이야기를 해도 내 편이 되어 줄 것 같다.

"널 괴롭히는 애들이랑 친했다고? 근데 어쩌다 그렇게 됐어?"

"담배 심부름 시킨 애들은…… 좋은이랑 세은이에요. 유나라는 애까지 넷이 작년에 같은 반이었는데…… 그때는 아주 친했어요. 좋아하는 그룹이 똑같았거든요. 쉬는 시간마다 오빠들 얘기하고, 유튜브로 동영상도 보고, 같이 사진도 모으고. 하지만 우리 반에 일진 같은 애들이 있었는데…… 좋은이랑 세은이가 점점 걔들이랑 친해졌어요. 섭섭했지만 괜찮았어요. 다른 친구들을 사귈 수도 있는 거니까. 난 그냥 유나랑 놀면 되니까. 그때까지만 해도…… 좋은이랑 세은이가 날 괴롭히지는 않았어요."

유나의 이름을 입에 올린 건 아주 오랜만의 일이었다. 좋은과 세은에게 시달리느라 어느새 유나를 잊고 있었다.

"그래서 어떻게 됐어?"

"2학기 첫날부터 갑자기 좋은이랑 세은이가 애들이 다 있는 앞에서 나한테 따졌어요. 내가 여름 방학 동안 자기들을 욕하고 다녔다고. 사실이 아니었어요. 갑자기 무서운 애들이랑 어울리니까 걱정된다는 식으로 몇 마디 했을 뿐이었어요. 하지만 내말을 안 믿어 줬어요. 둘이서 날 몰아붙이는데…… 1학기 때 친했던 애들이 맞나 싶었어요. 갑자기 화장도 진하게 하고, 욕도 많이 쓰고."

강민은 고개를 끄덕였다.

"너만 괴롭히기 시작한 거야? 그 유나라는 애는?"

"유나는 신경 쓰지 말라고 위로해 줬어요. 그래도…… 나한테는 유나가 있으니까, 유나 말대로 나도 그 애들을 무시하려고 했어요. 그런데 어느 날 갑자기 유나도 나를 피하기 시작했어요. 화장실에 같이 가자고 하면 다녀왔다고 하고, 인사를 해도 안 받아 주고. 식당에서도 내가 옆자리에 앉으려고 하면 다른 애가 앉을 거랬어요. 2학기 때라 벌써 다들 친한 그룹이 있어서 유나 말고는 놀 친구가 없었어요. 그래서 혼자 밥 먹고, 쉬는 시간에는 그냥 엎드려 있으면서 하루하루를 버텼어요. 금세 겨울 방학이 올 테고, 겨울 방학이 지나면 금세 봄 방학이 올 거라고 계속 나 자신한테 말했어요. 2학년이 돼서 다른 친구를 사귀면 된다고."

"그럼 2학년이 됐는데도 계속 널 괴롭히는 거야?"

"또 같은 반이 돼 버렸어요."

"종은이, 세은이랑?"

자영이 고개를 끄덕였다.

"난 죽고 싶다고까지 생각했는데 그 애들은 엄청 고소해했어요. 종은이랑 세은이가 무서우니까, 일진들이랑 친하다는 소문까지 퍼져서 나랑 아무도 놀지 않으려고 했어요. 한번은 내가 학교에서 몇 마디나 했는지 세어 본 적도 있어요. 일주일 동안 단 한 마디도 안 했던 적도 많았어요."

"선생님이나 부모님한테 말해 봤어? 요즘에는 바로 학폭위 열 수 있어. 선미 말대로 그런 애들, 강제로 전학 보낼 수도 있다고."

강민의 목소리가 점점 높아졌다. 하지만 이야기가 길어질수록 자영은 오히려 담담해 보였다.

"작년에 엄마가 동생을 임신했어요. 애들이 날 괴롭히기 시작한 무렵에. 지난번에도 유산을 두 번이나 해서 엄마가 엄청 조심했어요. 할머니가 아들 낳길 엄청 기다렸는데…… 아기가 아

들이라고 했어요. 그런데 내가 왕따 같은 이야기를 꺼내서 엄마
가 스트레스 받으면 안 되니까…….”

“아빠는? 아빠한테라도 말했어야지.”

“아빠는 1년에 딱 두 번만 한국에 들어와요. 건설 일을 하시
는데…… 계속 필리핀이나 베트남 같은 데를 돌아요. 어렸을 때
부터 그렇게 살아서 만나도 어색하고…… 어차피 떠날 아빠한
테 그런 말을 해 봤자 무슨 소용이 있나 싶기도 하고.”

“담임 선생님은? 네가 당하는 거 전혀 몰라?”

“네. 걔들이 선생님이나 부모님한테 말하면 가만 안 두겠다고
한 적도 있고…….”

갑자기 두통이 몰려와서 강민은 눈을 감았다. 양쪽 관자놀이
에 찌르는 듯한 통증이 느껴졌다. 선미의 생일날에도 딱 이렇게
머리가 아팠다. 통증이 어찌나 심한지 자영의 말이 더는 귀에
들어오지 않았다. 강민은 두 손으로 머리를 감싼 채 얼굴을 잔
뜩 찡그렸다.

“오빠, 괜찮으세요? 죄송해요. 제가 괜히 이런 얘기를 꺼내는
바람에…….”

강민은 억지로 눈을 떴다. 자영이 어쩔 줄 모르는 얼굴로 자
신을 바라보고 있었다. 얇은 긴팔 티셔츠가 어느새 땀에 젖어
착 달라붙었다.

강민은 바짝 마른 입술을 간신히 뗐다.

"담배는 어떻게든 구해 볼게. 이제 그만 얘기하자."

6

엄마는 안방과 거실을 바쁘게 오가며 옷과 화장품 따위를 가방 안에 쑤셔 넣었다. 엄마가 이수의 부스스한 얼굴을 향해 말했다.

"내일 점심 먹고 출발할게. 냉장고에 국이랑 반찬 있으니까 챙겨 먹어."

친구들과 1박 2일로 부산 여행을 다녀올 거라는 말이 그제야 생각났다.

친구들 좋아하시네.

이수가 비아냥거렸다.

"다들 팔자 좋아. 추석에 여행이라니."

"이제 애들도 다 컸는데 엄마들도 여행 좀 가면 안 되니? 다들 일하니까 평일에는 여행 갈 시간 못 내잖아."

엄마는 식탁에 오만 원짜리 지폐를 올려놓았다.

"사모님이 명절이라고 봉투 챙겨 주셨어. 이걸로 친구들이랑 저녁이라도 사 먹어."

"누구랑 여행 가는데?"

"보험 일 하는 미숙이랑 또 한 명은 너도 모르는 애야. 그 집 애는 고등학생이랬나."

엄마는 가방 지퍼를 채운 뒤 힘겹게 일으켰다.

"다녀올게. 나갈 때 가스 잠갔는지 꼭 확인하고."

엄마는 현관문을 등으로 받치고 힘겹게 가방을 뺐다. 바람을 타고 실려 온 진한 향수 냄새가 이수의 코를 찔렀다.

"뭐 타고 가? 큰길까지 들어 줘?"

엄마가 손사래를 쳤다.

"아냐. 그냥 끌고 가면 되는데 뭐 하러. 너는 얼른 밥이나 차려 먹어. 나, 간다."

이수는 엄마가 집을 나서자마자 자기 방으로 들어가 검은색 야구 모자를 눌러 썼다. 그리고 슬리퍼를 끌고 낡은 연립주택을 나섰다. 엄마와 주황색 여행 가방이 보였다. 이수는 거리를 적당히 두고 따라갔다. 차 한 대 정도만 간신히 지날 수 있는 비좁은 골목길을 십 분 정도 걸으면 큰길이 나왔다.

엄마는 버스 정류장 앞에 여행 가방을 세우고 핸드폰을 들여다봤다. 이수는 근처 전봇대에 기댄 채 야구 모자를 더욱 깊숙이 내렸다.

곧 회색 카니발이 나타났다. 차는 비상등을 켜고 엄마 앞에 섰다. 머리가 훌러덩 벗어진, 아저씨인지 할아버지인지 애매한 남자가 운전석에서 내렸다.

시간을 건너는 집

그 늙다리다.

남자는 엄마를 보고 느끼하게 웃으며 트렁크를 열고 여행 가방을 실었다. 엄마는 남자의 모습을 지켜보며 깔깔거렸다. 가방 하나 싣는 데도 힘이 부치는지 남자는 손수건으로 이마와 목 뒤를 연신 훔쳤다. 남자가 조수석 문을 열어 주자 엄마는 얌전을 빼며 차에 올랐다. 뒤에서 마을버스가 카니발을 향해 요란하게 경적을 울렸다.

그냥 확 들이받아 버리지.

이수가 늙다리에 대해 알게 된 것은 두 달 전이었다. 학교에서 돌아오던 이수는 엄마가 회색 카니발에서 내리는 모습을 봤다. 헤어지는 인사를 나누는 내내 늙다리의 두툼한 오른손은 엄마의 허리에 놓여 있었다.

이수는 엄마가 샤워를 하는 사이 엄마의 핸드폰을 뒤졌다. 통화 기록을 보니 금세 답이 나왔다. 가장 통화를 많이 한 사람은 두 사람뿐이었다.

사모님과 서방님.

사모님은 돌봐 주는 아기의 엄마일 테고, 그 늙다리가 서방님인 모양이었다. 역겨운 세 글자 옆에는 빨간색 하트까지 달려 있었다.

이수는 다음 날 공중전화로 남자에게 전화를 걸었다. 계획은 딱히 없었다. 욕설을 퍼부을 생각도 없었다. 엄마가 중학생 아들이 있다고 솔직히 말했다면, 목소리를 듣고 이수라고 추측할 지도 몰랐다. 전화를 받은 늙다리가 말했다.

이송 가구점입니다.

이수는 잠시 멈칫했다가 가구점의 위치를 물었다. 남자는 느끼한 목소리로 일산 가구 거리에 있다고 친절하게 설명해 주었다.

이수는 회색 카니발이 멀어지는 모습을 바라보다 돌아왔다. 배가 고팠지만 엄마가 만든 음식은 먹고 싶지 않았다. 핸드폰으로 포털 사이트에 들어가자 추석 관련 뉴스가 우르르 떴다. 귀성길, 한가위, 차례, 명절 음식. 이수와는 언제나 거리가 먼 단어들이었다.

이수는 사이트에서 나와 며칠 전에 내려받은 사진을 보았다. 자영의 합성 사진을 단톡방에 올렸던 남자아이에게서 받은 사진이었다. 포토샵을 어찌나 열심히 했는지 사진만으로는 실물을 도저히 알아볼 수 없을 것 같았다. 왼쪽 여자아이는 도톰하고 새빨간 입술에 긴 생머리를 하고 있었다. 눈을 너무 키워서 외계인처럼 보였다. 오른쪽 여자아이는 철사처럼 생긴 교정기를 꼈다. 이빨에 저런 흉측한 걸 달고 입이 찢어지게 웃다니 배짱도 좋았다.

사진을 보내 준 남자아이는 왼쪽 여자아이가 자신의 여자 친구인 배종은이라고 했다. 관심이 있으면 교정기를 낀 여자아이를 소개시켜 주겠다고 으스댔다. 이수는 욕이 나오는 걸 꾹 참고 진성여중 왕따와 관련된 소식이 있으면 곧장 알려 달라고 했다.

세상에는 죽이고 싶은 인간들이 너무나 많다.

이수는 하얀 운동화를 신고 집을 나섰다. 탁자를 나르며 땀을 쏟았던 게 며칠 전인데 그사이 바람이 꽤 선선해졌다. 현관에 들어서자 운동화 한 켤레가 보였다. 선미나 자영의 것이다. 집 안에는 기름 냄새가 진동했다. 부엌 식탁에 엎드려 있던 선미가 이수의 발소리에 얼굴을 들었다. 울었는지 뺨이 젖어 있었고, 눈도 빨갛게 부어 있었다. 예상치 못한 광경에 이수는 로봇처럼 거실 쪽으로 몸을 틀었다. 뒤에서 선미가 말했다.

"왔니?"

"어."

"이거 먹어."

선미가 식탁 위에 놓인 알록달록한 보자기를 들어 올렸다.

"할머니가 명절 음식 하셨나 봐."

수북이 쌓인 전들을 보자 이수의 배 속이 요동쳤다. 선미는 음식에는 관심이 없어 보였다. 전을 보고 감동해서 운 건 아닐 테고, 왜 남의 집 식탁에 엎드려 질질 짜고 있는지 이수는 짜증이 났다. 울고 있는 여자 앞에서 허겁지겁 전을 집어 먹을 수는 없지 않은가. 선미가 앞에 놓인 티슈를 뽑아 눈가를 눌렀다.

"추석인데 어디 안 가니?"

이수는 퉁명스럽게 말했다.

"그쪽은?"

"나도 딱히. 조금만 있다 가려고 들렀어. 기분이 어떻든 일주
일에 3일은 채워야 하니까. 이런 말도 안 되는 규칙은 누가 만들
었는지 모르겠다."

이수는 선미의 오뚝 솟은 코와 얇은 입술을 흘끔거렸다. 쌀쌀
맞아 보이긴 해도 꽤 예쁜 얼굴이다. 이수는 소파에 앉아 핸드
폰이나 보려고 등을 돌렸다. 멸치 대가리가 와이파이를 안 깔아
놓는 바람에 이 집에서 아까운 데이터를 다 날리게 생겼다.

"넌 여기 왜 왔니?"

"뭔 소리야. 당연히 3일 채우려고 왔지."

"아니. 왜 이 집의 멤버가 된 것 같냐고. 자영이는 학교 폭력
피해자라며."

코웃음이 나왔다. 왕따면 왕따지, 학교 폭력 피해자는 또 뭔가.

"그러는 그쪽은."

"난……."

선미의 눈이 멍하니 허공을 향했다. 작은 입에서 긴 한숨이
새어 나왔다.

"엄마가…… 많이 아프셔. 과거나 미래의 문으로 들어가서
어떻게든 해 보려고 했는데 오늘 의사가 아빠한테 그랬대. 우리
엄마, 길어 봤자 두세 달밖에 못 살 거라고."

시간을 건너는 집

이수는 보자기를 노려보며 머리를 굴렸다. 두세 달이면 문을 선택할 수 있는 12월 31일까지 아슬아슬하다. 그 전에 죽기라도 하면 어느 문으로 들어가도 되살리지 못한다. 죽음은 이 집도 건드릴 수 없는 문제라고 했으니까.

이수는 선미 옆에 주저앉아 보자기를 들췄다. 그러고는 가장 좋아하는 동태전을 집어 한입 베어 물었다.

"데워 먹지그래."

"신경 끄셔."

이번에는 꼬치전을 집었다. 선미가 일어나서 작은 접시와 젓가락을 가져다주었다. 에라, 모르겠다. 이수는 접시에 전을 수북이 쌓은 뒤 먹기 시작했다. 미지근해도 맛있었다. 명절 음식을 먹어 본 게 언제인지 기억도 나지 않았다.

"진짜 웃기는 게 뭔 줄 알아? 병원에서 진통제를 엄청 많이 처방해 줬는데 죽을 만큼 아프면서도 안 먹는 거야. 진통제에 중독될까 무서워서. 어차피 죽을 거, 안 아프게 죽는 게 최고 아닌가? 의사도 이제 가망이 없다고 호스피스 병원으로 옮기라는데 엄마가 말을 안 들어. 무조건 다시 항암 치료 하겠대. 자기는 꼭 나을 거래. 죽어도 내가 교대 가는 거 보고 죽겠대."

이수는 얼굴을 찡그렸다.

"호스…… 뭐라고?"

"호스피스 병원. 말기 암 환자들이 되도록 편하게 죽음을 맞이할 수 있도록 도와주는 데야."

"교대는 또 뭔데."

"그 대학교를 졸업하면 초등학교 선생님이 될 수 있어. 여자 직업으로 선생님만 한 게 없다. 우리 엄마가 입버릇처럼 하는 말이야."

한 명은 왕따, 한 명은 암 환자의 딸, 한 명은 싸패. 겁나 우울한 조합이다. 선미가 속삭이듯 말했다.

"엄마를 볼 때마다 무슨 생각이 드는지 알아? 차라리 엄마가 빨리 죽었으면 좋겠어. 그럼 엄마도 더 이상 안 아플 테고, 나랑 아빠도 홀가분해질 테니까. 엄마가 죽는 게 우리 가족이 다 편해지는 길인 것 같아. 그러다가 소스라치게 놀라서 기도하지. 그런 생각해서 미안하다고. 어떻게든 올해까지만 버텨 달라고. 내가 과거나 미래의 문으로 들어가면……."

"아, 진짜. 그만 좀 할래? 징징거리는 소리 들으려고 여기 온 거 아니거든? 밥맛 떨어져서 못 먹겠네."

이수는 벌떡 일어나 거실로 갔다. 선미의 멍한 눈빛에 소름이 훅 끼쳤다. 엄마가 아픈 건 살짝 불쌍하기도 하지만 저 누나, 오늘은 확실히 제정신이 아닌 것 같다.

이수는 소파에 깊숙이 몸을 묻고 플스의 전원을 켰다. 기분 나쁜 생각을 잊는 데에는 게임만큼 좋은 게 없다.

한참 뒤 선미가 거실로 들어왔다. 이수는 억지로 텔레비전 화면만 처다봤다. 선미는 전을 담은 접시를 말없이 탁자에 내려놓았다.

이수는 현관문이 닫히는 소리가 나자마자 손을 뻗어 동태전을 집었다. 전은 딱 알맞은 온도로 데워져 있었다.

7

세은의 입이 벌어지자 반짝이는 교정기가 드러났다.

"와! 진짜 사 왔네? 쓸모 있다, 너."

종은의 입가가 씰룩였다.

"네가 샀어?"

"아니."

"그럼 누가 샀어? 우리가 담배 셔틀 시켰다고 누구한테 꼬질렀냐?"

"아냐. 그냥…… 친한 오빠한테 부탁했어. 그 오빠 말고는 아무한테도 말 안 했어."

세은이 휘파람을 불었다.

"몇 살인데? 잘생겼어? 사진 보여 줘."

"사진은 없고…… 그냥 아는 오빠야."

세은이 자영의 팔짱을 꼈다.

"자영아, 너 그 오빠랑 해 봤어?"

자영은 세은의 말뜻을 알아채고 얼른 고개를 흔들었다. 종은이 싸늘하게 말했다.

"야, 오늘까지 그 오빠랑 셀카 찍어서 우리 반 단톡방에 올려."

"안 돼……. 그 오빠는 이 동네 안 살아서 자주 못 만나. 그리고…… 고등학생이라 공부하느라 바빠."

세은이 외쳤다.

"고등학생? 와, 우리 자영이. 완전 걸레구나?"

종은의 발길질이 자영의 맨다리에 날아왔다.

"내 앞에서 한 번만 더 안 된다는 소리 해 봐. 오늘 그 새끼랑 셀카 찍어서 단톡방에 올려. 알았냐?"

종은과 세은은 자영을 버려두고 문 쪽으로 향했다. 자영은 옥상 구석으로 절뚝이며 걸어가 주저앉았다. 곳곳이 움푹 파인 시멘트 바닥에 구정물이 고여 있고, 여기저기에 담배꽁초들이 뒹굴었다. 자영은 무릎을 끌어당기고 얼굴을 파묻었다.

이제 어떻게 하지.

***

오늘따라 운동화가 세 켤레나 놓여 있다. 이수는 소파에 삐딱하게 앉아 있고, 강민과 선미는 부엌에서 분주하게 움직였다.

자영은 이수의 맞은편에 앉았다. 이수의 눈길이 자영의 다리로 향했다.

"맞았냐?"

자영은 종아리를 내려다봤다. 오른쪽 무릎 밑에 어느새 피멍이 들었다. 셀카를 찍어 오라는 말이 너무나 걱정돼서 다리의 상처 따위는 신경도 쓰이지 않았다.

"내가 했던 말 생각해 봤냐?"

"무슨 말?"

"알면서 뭘 물어."

"말도 안 되는 소리 하지 마. 자꾸 그런 소리 하면…… 다시는 여기 안 올 거야."

"안 오면 너만 손해거든. 그리고 너도 많이 생각해 봤을 텐데. 걔들이 죽어 버렸으면 좋겠다고."

자영은 부엌 쪽을 흘끔거렸다. 이수와 말씨름을 벌일 기분이 아니었다. 강민과 선미는 자영이 온 줄도 모르고 싱크대 앞에서 수다를 떨고 있다.

두 사람, 잘 어울린다.

둘 다 키도 크고 팔다리도 길다. 립글로스를 발랐는지 멀리서도 선미의 얇은 입술이 반짝였다. 자영은 선미의 가는 허리와 쭉 뻗은 종아리를 부러운 눈으로 바라봤다.

"야. 차라리 학교 가지 마. 네가 안 가겠다고 하면 너희 엄마 아빠가 뭘 어쩌겠냐? 억지로 카트에라도 태워서 끌고 가겠냐? 너 괴롭힌다는 애들도 네가 안 보이면 어쩔 수 없을 거 아냐. 너희 집에 쳐들어올 수도 없을 테니까 12월까지 그냥 집구석에 처박혀 있으라고."

등교 거부. 학교에 가지 않는다.

그것도 용기가 필요한 일이고, 자영에게는 그런 용기가 없었다. 물론 학교에 가기 싫다는 생각은 날마다 들었다. 하지만 학교에 정말 가지 않으려면 엄마에게 지금까지의 일을 모두 설명해야 한다. 왕따를 당했다고 하면 엄마는 어떻게 생각할까. 한심하다고 생각하겠지. 성적도 별로고 얼굴도 못생겼으면서 왕따까지 당한다. 쓸모없는 게 태어났다는 할머니 말이 역시 맞았다고 생각하지 않을까.

"자영아. 언제 왔어?"

눈앞에 선미와 강민이 서 있다. 강민이 든 커다란 쟁반에 팝콘과 콜라 석 잔이 담겨 있었다.

"다 같이 영화 보자고 톡했는데 안 읽더라. 잘됐다! 넷이 뭉쳤으니 시간 걱정 안 하고 놀 수 있겠네. 자영아, 내 콜라 마셔."

강민이 자영 앞에 얼음이 가득 담긴 콜라 잔을 놓았다. 그러고는 탁자 위에 있던 디브이디를 들었다.

"「스파이더맨 홈커밍」 본 사람! 이 영화 진짜 보고 싶었는데 시간이 있어야지! 우리 일주일에 한 번씩 무비 데이 만들어서

다 같이 뭉치자."

이수가 비아냥거렸다.

"무비 데이 좋아하시네. 빨리 틀기나 해."

강민이 춤을 추듯 몸을 흔들며 텔레비전 쪽으로 걸어갔다. 영화가 시작됐다. 고등학생인 스파이더맨에게는 뚱뚱한 동양인 친구가 있다. 같은 동아리에 있는 여자아이는 괴짜처럼 보이지만 언제나 당당하다. 자영은 모두 영화 속이기에 가능한 일이라고 생각했다. 현실에서라면 뚱뚱한 동양인도 괴짜 같은 여자아이도 자기처럼 왕따를 당하지 않았을까.

강민은 조금만 웃기는 장면이 나와도 큰 소리로 웃어 댔다. 선미는 영화보다 강민 때문에 더 많이 웃었다. 이수는 팔짱을 낀 채 텔레비전 화면을 폭파시킬 듯이 노려보기만 했다.

몸에 날개를 단 악당과 스파이더맨이 전투를 벌이는 한창 클라이맥스인 장면에서 이수가 강민의 옆구리를 찔렀다.

"끝나려면 몇 분이나 남았어?"

"이십 분 정도?"

"영화 끝나면 박자영이랑 셀카 하나 찍어."

이수가 씩 웃으며 자영을 바라봤다. 자영은 머릿속이 아득해졌다. 강민이 물었다.

"셀카는 왜?"

"담배도 다섯 갑이나 사다 바쳤는데 셀카는 껌이잖아. 그 담배, 그쪽이 사다 줬지?"

강민의 표정이 굳었다.

"담배 사다 주면 끝날 줄 알았어? 이번에는 그쪽이랑 셀카 찍어 오래. 그 날라리들, 그쪽이 쟤 남친인 줄 알던데?"

선미가 말했다.

"도대체 무슨 소리야? 이 집에서는 내가 왕따니? 담배는 뭐고 셀카는 뭐야?"

강민이 리모컨 버튼을 눌렀다. 하필이면 스파이더맨의 뚱뚱한 친구가 입을 쩍 벌리고 있는 장면에서 화면이 멈췄지만, 아무도 웃지 않았다.

"자영아, 걔들이 나랑 셀카 찍어 오래? 왜?"

이수가 말했다.

"뻔하잖아. 사진에 포샵해서 여기저기 퍼뜨리겠지."

선미가 말했다.

"걔들이 자영이한테 담배 사 오랬어? 그래서 강민이가 사다 줬고? 이수, 넌 그걸 어떻게 알았는데?"

이수가 핸드폰을 흔들었다.

"우리 반 병신 한 명이 그 날라리 남친이거든."

"너, 자영이랑 같은 동네 사니?"

"아 씨, 지금 그게 중요해?"

선미가 강민을 노려봤다.

"담배는 왜 사다 줬어? 하나 들어주면 또 다른 걸 요구할 게 뻔한데!"

자영은 고개를 들 수가 없었다. 학교에 갈 때처럼 배가 사르르 아프기 시작했다. 몇 달만이라도 조용히 지내고 싶었다. 이곳에서는 안전할 거라고 생각했다. 친구까지는 못 되더라도, 편하게 이야기를 나눌 사람들이 생겼다고 생각했다. 하지만 자기 때문에 분위기가 번번이 엉망이 돼 버린다.

"셀카는 안 돼. 강민이 얼굴이 알려지는 건 아닌 것 같아. 조심해서 나쁠 거 없잖아. 자영아, 애들이 괴롭힌다고 선생님이랑 부모님한테 말씀드려. 바로 학폭위 열어 달라고 해."

"싫어요. 이제 몇 달만 버티면 되는데…… 더 힘든 일 만들기 싫어요."

"넌 억울하지도 않니? 그런 애들이 가장 원하는 게 뭔지 알아? 네가 아무것도 안 하고 가만히 있는 거야."

강민이 끼어들었다.

"선미야, 그만해. 지금 가장 힘든 사람은 자영이라고."

"넌 가만있어. 네가 정말 자영이를 도운 거라고 생각해?"

이수는 세 사람의 얼굴을 흥미진진하게 바라보았다. 영화 속 대전투보다 옆에서 벌어지는 싸움 구경이 훨씬 재미있는 법이다. 선미는 자기가 왕따를 당하기라도 한 것처럼 얼굴이 시뻘겋게 달아올랐다. 강민은 머리가 아픈지 두 손으로 얼굴을 감싸

쥐었다. 슬슬 지루해진 이수가 리모컨을 집어 든 순간 자영이
말했다.

"학교, 이제 안 갈 거예요."

시 간 을 건 너 는 집

10월

1

엄마는 결국 집에서 가까운 호스피스 병원으로 거처를 옮겼다. 의사는 더 이상의 항암 치료는 의미가 없다며, 편안하게 죽음을 준비하는 게 최선이라고 했다. 이제 엄마는 가족들도 알아보지 못했다. 늘 진통제에 취해 잠들어 있거나, 깨어나도 알 수 없는 말만 중얼거렸다. 아빠가 선미의 어깨에 손을 올렸다.

"학원 갈 시간 아냐?"

"아빠는 나한테 학원 얘기밖에 할 말이 없어?"

아빠가 힘없이 웃었다.

"이쪽으로 옮기길 잘한 것 같아. 훨씬 조용하고, 집에서도 가깝고."

환자복 밖으로 엄마의 털 한 오라기 없는 앙상한 종아리가 드러났다. 엄마는 여름만 되면 다리에 레이저 제모를 받을 거라고 입버릇처럼 말했다. 하지만 그 돈이면 선미의 한 달 치 영어 학원비라며 결국 번번이 마음을 접었다. 엄마는 지금 자신의 다리에 대해 어떻게 생각할까. 역시 그때 안 하기를 잘했다고 생각할까. 아니면 어차피 이렇게 될 것을, 돈 걱정 없이 하고 싶은 일을 다 하고 살걸 그랬다고 후회할까.

엄마의 신음이 갑자기 거칠고 높아졌다. 아빠가 호출 버튼을 누르자 간호사가 금세 나타났다.

"많이 아파요? 금세 괜찮아질 거예요."

간호사는 엄마를 아기처럼 어르며 링거액에 이어진 관에 주사를 놓았다. 아빠가 선미의 어깨를 토닥였다.

"학원까지 데려다줘?"

"괜찮아. 집에서 봐."

시간의 집에 가야 했다. 반드시 해야 할 일이 있었다.

**

자영이 선미를 보고 소파에서 일어났다. 학교에 가지 않은 뒤로 자영의 얼굴은 예전보다 훨씬 편안해 보였다.

"언니 오셨어요?"

선미는 살짝 손을 흔들었다.

"안녕. 뭐 해?"

자영이 읽던 책을 들어 보였다.

"서재에 있던 책이에요. 새로 나온 청소년 문고."

"재밌어?"

자영은 대답 대신 고개를 얼른 끄덕였다.

"엄마는…… 좀 어떠세요?"

"어떻게 알았어? 혹시 이수한테 들었니?"

짜증이 치밀었다. 하여튼 알 수 없는 애다. 늘 까칠하게 굴면
서 입은 무지 가볍다. 자영이 왕따라는 걸 떠벌리더니 이제는
선미 이야기까지 한 모양이다.

"너만 아는 거야? 아니면 강민이도?"

"그게…… 이수가 일부러 한 얘기는 진짜 아니고…… 셋이
있을 때 언니 얘기가 나와서. 강민 오빠가 언니도 불러서 뭘 만
들어 먹자고 했는데…… 이수가 언니는 바쁘니까 쓸데없이 부
르지 말라고. 그래서 어쩌다 보니까 얘기가 나와서……. 기분
나쁘셨으면 죄송해요, 언니."

"됐어. 신경 쓰지 마."

선미는 강민이 늘 앉던 자리에 주저앉듯 엉덩이를 붙였다. 이
수와 둘이 있었던 날만 떠올리면 아직도 얼굴이 화끈거렸다. 의
사 말을 듣고 놀라서 마음을 다스릴 수가 없었다. 애당초 이수
에게 그런 얘기를 한 자신의 잘못이다.

시간을 건너는 집

"넌 괜찮아? 어떻게 지내?"

"학교에 안 가는 것만 빼면 똑같아요. 오후에 도서관에 간다고 하고 나와서 이 집에 잠깐 들르고."

같은 반 아이들을 만날까 봐 등교 시간과 하교 시간에는 절대로 집 밖에 나가지 않는다는 말은 할 수 없다. 이 집에 올 때도 아이들의 하교 시간 전에 도착한다는 말도 할 수가 없다.

"엄마는 뭐라서? 학교에서도 연락이 올 텐데."

"이랬다 저랬다 해요. 네가 잘못한 것도 없는데 왜 학교를 안 가냐고 화냈다가…… 선생님한테 말했으니까 다시는 안 괴롭힐 거라고 달랬다가. 여기서 학교 그만두면 중졸도 아니라고, 앞으로 어떻게 살 거냐고 답답해했다가. 아빠한테는 절대로 말하지 말래요. 널 어떻게 가르친 거냐고 자기한테 화낼 거라고……. 그러면서 학교 안 갈 거면 학원이라도 다니래요."

"우리 엄마라도 그랬을 거야. 엄마도 많이 당황하셨겠지."

"잘 모르겠어요. 내가 엄마라면…… 딸이 왕따를 당한다고 털어놓으면 학교에 가지 말라고 할 것 같은데. 그렇게 싫다는 곳에 억지로 보내지는 않을 것 같은데."

자영에게 무슨 말을 해 줘야 할까. 세 달이 지나면 모든 것이 달라질 텐데 충고 따위를 해 봤자 도움이 될까.

"여기 오는 건 좋아?"

"네. 강민 오빠랑 언니는 친절하니까. 근데…… 저 때문에 싸우지는 않으셨으면 좋겠어요. 이수는 미운 소리 좀 그만하고."

선미는 피식 웃고 말았다.

"이수, 걔 좀 웃기지 않니? 까칠한 척하면서 우리 얘기는 다 듣고 있다니까. 아까는 좀 짜증 났는데 다 알게 됐다니 오히려 후련하다. 아무도 안 물어봤는데 내 입으로 털어놓기도 그렇잖아."

"아, 맞다. 이거."

자영이 작은 크로스백에서 종이봉투를 꺼냈다. 중고등학생들이 많이 가는 화장품 가게의 이름이 봉투에 새겨져 있다.

"언니 생일날 아무것도 못 드려서…… 계속 죄송했어요. 언니한테 잘 어울릴 것 같아서……."

봉투 안에는 작은 체리빛 틴트가 들어 있었다. 선미는 당황해서 눈만 깜박였다.

"언니네 엄마…… 꼭 나으시면 좋겠어요. 정말로."

"안 줘도 되는데. 진짜 고마워. 잘 쓸게."

자영이 수줍게 웃었다. 선미가 말했다.

"지금 발라 봐야겠다."

선미는 책가방에서 작은 파우치를 꺼냈다. 자영은 선미가 거울을 보며 능숙하게 틴트를 바르는 모습을 멍하니 지켜봤다.

"언니, 진짜 잘 어울려요."

"그래? 너도 발라 줄게."

선미는 자영의 도톰한 입술에도 틴트를 발라 주었다.

시간을 건너는 집

"아까보다 훨씬 예쁘다! 넌 왜 화장 안 해? 다른 애들도 틴트 정도는 다 바르지 않아?"

"어떻게 하는지도 모르겠고…… 해 봤자 예쁘지도 않을 것 같아서요."

왕따 주제에 화장까지 했다는 비아냥을 들을까 봐도 두려웠다.

"아냐. 지금이 훨씬 예뻐. 내가 다음에 비비 크림 사 줄 테니까 발라 봐."

자영은 거울에 비친 자기 모습에서 눈을 떼지 못했다.

"저기. 혼자 있기 심심하면 카톡 해. 시간 되면 올게."

"정말요?"

"엄마가 집이랑 가까운 병원으로 옮기셨어. 그래서 예전보다는 시간이 있으니까. 미안하지만 오늘은 먼저 일어나야겠다. 할 일이 좀 있어서."

자영이 선미를 현관까지 배웅했다. 선미가 자기 입술을 손가락으로 가리켰다.

"다음에도 꼭 이거 바르고 올게."

선미는 자영에게 손을 흔들고 마당으로 나왔다. 생일 파티 때 놓았던 야외용 탁자에 앉아 책가방에서 분홍색 편지 봉투를 꺼냈다.

우체통을 연 선미는 잠시 멈칫했다. 안에 다른 편지가 들어 있다. 선미는 손을 뻗어 편지를 꺼냈다. 아래쪽에 '김강민 드림'

이라고 적혀 있다.

강민이 무슨 일로 편지를 남겼을까.

편지는 스마일 마크가 그려진 노란색 스티커 하나로만 봉해져 있었다. 살짝 뗐다 붙여도 아저씨는 눈치채지 못할 것이다. 선미는 편지를 훔쳐보고 싶은 유혹을 애써 떨쳐 내며 편지를 다시 우체통에 넣었다. 그리고 자신의 편지를 그 위에 올려놓았다. 언제나 밝은 강민에게도 말 못 할 사연이 있는지도 몰랐다.

멸치 대가리가 우리 감시하라고 보낸 스파이 같은 거 아냐?

이수가 했던 말이 떠오르자 선미의 마음이 다시 요동쳤다. 이수가 대놓고 지적했듯이 강민은 이 집에 올 이유가 전혀 없어 보였다. 강민이 정말 스파이라면? 평범한 고등학생이 아니라 아저씨와 할머니와 함께 이 집에서 일하는 특별한 존재라면?

선미는 거실 쪽 창문을 바라봤다. 커튼은 빈틈없이 드리워 있다. 자영은 선미가 이미 집을 나갔다고 생각할 거다.

선미는 우체통을 열고 강민의 편지를 꺼냈다.

2

"다섯 시에 선생님 오실 거야."

자영의 가슴이 요란하게 날뛰었다.

시간을 건너는 집

"무슨 선생님?"

"너희 담임. 네가 학교 안 와서 가정 방문 한대."

"미리 말해 주지……."

"너는 학교 안 갈 거라고 미리 말해 줬니? 선생님이 다시 나오라고 하면 못 이기는 척 알겠다고 해. 나도 옆에서 거들 테니까."

엄마가 부엌으로 간 사이, 자영은 얼른 단톡방에 메시지를 남겼다.

－죄송해요. 저 오늘 못 가게 됐어요. 갑자기 담임 선생님이 집에 오신대요. ㅠ.ㅠ. 16:50

자영의 담임은 영어를 가르치는 젊은 여자였다. 지금까지 한 번도 바지 입은 모습을 본 적이 없는 멋쟁이었다. 소풍날조차 바지 대신 발목까지 내려오는 꽃무늬 원피스를 입고 나타났다. 아이들은 선생님의 진한 쌍꺼풀과 도톰한 입술, 볼록한 이마가 의느님의 힘을 빌린 거라고 쑥덕였다.

약속 시간에서 십 분 정도가 지났을 무렵 초인종이 울렸다. 엄마는 탐탁지 않은 얼굴로 문을 열었다.

"오셨어요?"

"네, 어머님. 안녕하세요. 자영이도 집에 있죠?"

엄마가 차갑게 대꾸했다.

"그럼요. 학교도 못 가는데 어딜 갔겠어요."

선생님이 거실에 들어서자 진한 꽃향기가 풍겼다. 자영은 선생님에게 어색하게 고개를 숙였다. 선생님을 집에서 만날 거라고는 꿈에도 생각하지 못했다. 선생님이 성큼성큼 걸어오더니 자영의 어깨를 감쌌다.

"자영아, 오랜만이다."

자영은 목소리가 나오지 않아 고개만 끄덕였다. 진한 향수 냄새에 속이 울렁거렸다. 엄마가 과일 접시를 둔 테이블을 가리켰다.

"잠시만 앉아 계세요. 커피 좀 내올게요."

자영은 선생님과 마주 보고 앉았다. 창가에서 떨어지는 가을 햇살이 선생님의 등 뒤로 후광을 만들었다. 선생님의 눈두덩이와 뺨에서 화장품의 펄들이 반짝였다.

"어머님한테 자영이 얘기 들었어. 무턱대고 학교에 안 나오기보다는 나랑 상의했으면 좋았을 텐데. 내가 반장도 불러서 혼냈어. 이런 일이 있으면 나한테 미리 알려 줬어야 하는 거 아니냐고. 왕따라는 단어는 많이 들어 봤어도 우리 반에서 이런 일이 생길 줄은 몰랐다니까."

'왕따'라는 단어가 자영의 가슴을 후볐다. 배가 사르르 아프기 시작했다. 엄마가 커피 잔이 담긴 쟁반을 들고 나타났다.

"어머님, 제가 좋은이와 세은이를 불러서 엄하게 혼냈어요. 그 아이들 어머님도 학교에 오셨고요. 다시는 이런 일이 없을

시간을 건너는 집

거라고 약속했습니다."

"선생님한테만 얘기하면 끝이에요? 저는 솔직히, 학폭위 열고 싶어요. 그래야 다시는 함부로 행동 못 하죠."

선생님이 씁쓸하게 웃으며 커피를 한 모금 마셨다. 커피 잔에 새빨간 립스틱 자국이 남았다.

"어머님 말씀대로 학폭위가 열리기에 충분한 사건이죠. 근데, 현실은 좀 달라요. 요즘에는 쉽게 학폭위를 열 수 있다고 생각하시는데 사실 그 절차가 꽤 복잡해요. 물론 자영이나 어머님이 학폭위 개최를 요구하면 학폭위는 반드시 열어야 해요. 가해자나 피해자 어머님들이 변호사라도 선임하시면 일이 더 복잡해지고요. 여기 오기 전에 학교 폭력 담당 선생님과 얘기를 해 봤는데요, 그분도 그냥 선생님이세요. 요즘엔 별것 아닌 일로도 부모님들이 학폭위를 열어 달라고 하셔서 너무 힘들어하시더라고요. 교과 업무에 학교 폭력 조사까지 해야 하니 얼마나 고단하시겠어요. 그러니 조사가 제대로 이루어질 리도 없고요."

선생님은 목이 타는지 커피를 한 모금 더 마셨다.

"그래서 어머님, 제가 드리고 싶은 말씀은 일단 가해자들 쪽에서 잘못을 인정하고 있으니 이번 일은 조용히 넘어가면 어떨까 싶어요. 소문이라는 게 굉장히 빨라서 자영이 때문에 학폭위가 열렸다는 사실이 계속 입에 오르내릴 수도 있어요. 어차피 이 동네 아이들, 거의 같은 고등학교로 진학하지 않나요?"

엄마는 어이가 없다는 듯 헛웃음을 지었다.

"그래도 그냥은 못 넘어가요. 그 애들, 반 아이들 앞에서 자영이한테 공개 사과하라고 하세요. 그럼 학폭위 안 열고 넘어가죠."

"그건 좀 곤란해요. 가해 학생들이 원해서 하는 게 아니라면 인권을 침해한다는 이유로 법에 저촉되거든요."

엄마가 목소리를 높였다.

"인권요? 지금 누구 앞에서 인권 얘기를 하세요? 그럼 자영이 인권은요?"

"어머님, 흥분하지 마시고요."

"제가 흥분 안 하게 생겼어요?"

"대신 이 자리에서 분명히 약속드릴게요. 이런 일이 한 번이라도 더 생기면 제가 바로 학폭위를 추진하겠다고요. 그쪽 부모님들께도 그렇게 말씀드렸어요."

자영은 엄마를 곁눈질했다. 생각에 잠긴 모습이다.

"저는 당연히 자영이 편이지만, 자영이도 스스로 더 단단해져야 해요. 아이들이 괴롭히면 맞서고, 어른들에게 적극적으로 도움을 청하고. 요즘 애들은 영악해서 다 알거든요. 괴롭힐 만한 애인지 아닌지. 생활기록부를 보니까 자영이한테 어린 남동생이 있던데요. 아버님은 외국에 계시고요."

"네. 이제 오 개월이에요. 자영이 아빠는 베트남에 있고요."

선생님이 안 봐도 뻔하다는 얼굴로 고개를 끄덕였다.

"네. 어머님은 아기 보느라 바쁘실 테고, 아버님은 외국에 계시고. 자영이가 정말 마음 붙일 곳이 없었겠네요. 이런 문제는 가정에서도 지도해 주셔야 해요."

엄마 얼굴이 붉어졌다.

"그쪽 엄마들 연락처 좀 주세요. 또 이런 일이 생기면 직접 연락하게요."

"아, 그건 개인 정보라서 함부로 알려 드릴 수가 없어요. 혹시라도 무슨 일이 생기면 저한테 연락하시면 돼요."

선생님이 자영의 손등을 토닥였다.

"자영아, 학교는 나와야 해. 계속 결석하면 출석일수를 못 채워서 3학년으로 못 올라가. 하필이면 중간고사 기간에도 빠져서 난처하게 됐어. 선생님이 3학년 때는 걔들이랑 헤어지게 반 편성 해 줄게. 마음에 드는 친구가 있으면 미리 알려 줘. 그 아이랑 같은 반 넣어 줄게. 하여튼 우리 자영이가 너무 착해서 탈이라니까."

대단한 선심이라도 써 준다는 투다. 엄마는 더 이상 할 말이 없어 보였다. 선생님이 눈을 찡긋했다.

"내일부터 학교 올 거지?"

엄마가 대답을 가로챘다.

"네, 갈 거예요."

엄마와 선생님의 시선이 자영에게 향했다. 자영은 간신히 말했다.

"생각해 볼게요."

선생님이 집을 나가자마자 자영은 화장실로 달려갔다. 엄마 옆에 가만히 있었을 뿐인데 기운이 다 빠져 버렸다. 선생님은 자신의 마음에 대해서는 한 번도 묻지 않았다. 그 애들 때문에 얼마나 힘들었는지, 학교에 가는 게 얼마나 무서웠는지. 자신은 집에 숨어 있는데 왜 그 애들은 아무 벌도 받지 않느냐고 당당하게 말하지 못했을까. 아니, 애초에 그런 용기가 있었다면 이렇게 왕따를 당하는 일도 없었을 것이다. 결국 모든 일은 내 잘못인 걸까.

엄마는 아기를 재우는지 안방에 있었다. 자영은 현관으로 걸어가 하얀 운동화를 신었다. 그 집에 가야 했다. 그 어느 때보다 멤버들이 보고 싶었다. 하지만 자영은 현관문을 열었다가 멈칫했다. 시간의 집은 학교 근처에 있다. 학교를 늦게 빠져나오는 아이들이 자신을 보고 수군거릴지도 모른다. 자영은 현관문을 닫았다. 도어락이 무거운 소리를 내며 잠겼다. 자영은 굳게 닫힌 문에 힘없이 머리를 기댔다.

시간을 건너는 집

3

선미 양,

편지를 보내 줘서 무지 고맙다. 심심해 죽을 뻔했거든. 이쯤 되면 궁금한 게 폭발적으로 생길 텐데 편지가 오지 않다니! 단 한 통도! 아이들이 점점 호기심을 잃어 간다는 생각도 했다. 요즘 학생들은 어른보다 바쁘잖니. 입시 제도도 예전보다 훨씬 골치 아파졌다고 들었다.

다른 아이들의 안부도 함께 적어 줘서 고맙다. 다들 잘 지낸다니 마음이 놓이는구나. 첫 만남 때는 마음에 안 들면 안 나와도 된다고 큰소리를 쳤다만, 속으로는 너희들이 진짜로 기회를 포기할까 봐 걱정했지 뭐냐.

자, 이제 너희 어머니 얘기를 해 보자. 너는 어머니 때문에 이 집의 멤버가 된 것 같다고 했지. 네가 이 집의 멤버가 된 이유는 사실 나도 모른다. 하얀 운동화 네 켤레가 어떤 아이에게 갈지 정하는 건 내가 아니라 그 집이 하는 일이거든. 어머니가 호스피스 병원으로 옮기셨다니 병세가 위독하신 모양이다. 사실 나도 아버지를 비슷한 병으로 떠나보냈기에 네가 얼마나 힘들지 조금은 짐작할 수 있어.

네 생각을 하면 마음이 괴롭지만, 선택의 날을 한 달이나 앞당겨 달라는 부탁은 들어줄 수 없다. 문은 오로지 정해진 날에만 열린다. 내 의지로 할 수 있는 일이 아니야.

네 부탁을 거절한 주제에 염치없지만 나도 부탁하고 싶은 게 있다. 어머님의 모습이 두렵고 낯설다고 해서 부디 외면하지 않길 바란다. 어머님이 왜 계속 항암 치료를 받겠다고 고집하셨는지, 그 이유를 생각해 본 적 있니? 그건 당신이 아니라 너를 위해서였을 거야. 어떻게든 나아서 네 옆을 지켜 주고 싶으셨겠지. 그러니 나중에 후회가 되지 않도록 자주 찾아뵙고 이야기를 나누렴. 혹시 대화가 안 될 정도로 상태가 안 좋으시다면, 너 혼자서라도 이야기해라. 네가 어머니를 얼마나 사랑하는지 끊임없이 말해 드려라. 나는 그렇게 하지 못했고, 아직까지도 그 일을 후회하고 있다. 내게 하얀 운동화가 주어진다면, 나는 망설임 없이 과거로 가 다시 아버지를 만날 거다. 그리고 사랑한다고 말해 드릴 거다. 너는 부디 나와 같은 실수를 하지 않으면 좋겠다.

궁금한 점이나 힘든 일이 생기면 언제든지 편지를 보내라. 시간의 집사는 남는 게 시간밖에 없단다.

10월 10일

시간의 집사

아저씨의 옷차림과는 어울리지 않는 고급스럽고 예스러운 편지지. 미색을 띤 종이에 테두리에 금박을 둘렀다. 글씨도 편지

시간을 건너는 집

지에 걸맞게 단정하다. 예상보다 다정한 내용이지만 부탁은 결국 거절당했다. 각오했던 일이지만 자신도 모르게 내심 기대를 하고 있었다. 아저씨가 선택의 시간을 앞당겨 준다면 과거의 문으로 들어갈 생각이었다. 소망 노트에는 '엄마가 암에 걸리지 않고 평생 동안 건강하게 해 주세요'라고 쓴다. 아저씨는 합당한 소망만 이루어진다고 했으니 그 소망은 틀림없이 이루어질 것이다. 이보다 합당한 소망이 또 어디 있단 말인가.

오늘 아침, 우체통에는 두 통의 편지가 들어 있었다. 선미가 강민의 편지를 훔쳐봤다는 걸 알고 있다는 듯, 봉투의 입구는 빈틈없이 풀칠되어 있었다. 강민에게 온 답장이 선미의 것보다 훨씬 두툼했다. 강민이 아저씨에게 보낸 편지에는 전혀 예상하지 못했던 내용이 적혀 있었다. 그만큼 아저씨의 대답이 궁금했지만, 답장까지 훔쳐볼 수는 없었다.

핸드폰이 진동했다. 학원 번호다. 어느새 수업 시간이 훌쩍 지났다. 선미는 통화 종료 버튼을 누르고 엄마를 바라봤다. 엄마의 초점 없는 눈이 허공을 향하고 있다. 앞에 있는 해골 같은 여자가 자신의 엄마라는 걸 믿을 수가 없다. 어떻게 사람이 몇 주 만에 이렇게 변할 수 있나. 엄마가 입술을 달싹일 때마다 누런 치석이 낀 앞니가 드러났다.

선미는 잠시 망설이다 엄마의 입가에 귀를 댔다. 무슨 말인지 정확히 알 수 없지만 '엄마'를 부르는 것 같기도 하다. 1년 전에 돌아가신 외할머니를 찾는 걸까. 간병인 아주머니는 죽음을 앞둔 사람들은 어린아이가 된다면서 자주 엄마를 부른다고 했다.

아저씨 말대로 엄마가 죽는다면 지금 이 모습마저 그리워질까. 어색해서 사랑한다는 말도 제대로 한 적이 없다. 엄마는 농담처럼 말하곤 했다. 아들도 너처럼 애교가 없지는 않을 거라고. 선미는 엄마의 앙상한 손을 잡았다. 그리고 엄마의 귓가에 속삭였다.

"엄마, 사랑해. 조금만 더 버텨. 내가 꼭 낫게 해 줄게."

*　*　*

"뭐야? 왜 그 방에서 나와? 언제부터 책을 읽으셨다고."

"어, 이수야. 언제 왔어?"

서재에서 나온 강민은 이수를 보고 유령이라도 맞닥뜨린 듯한 표정을 지었다.

"뭘 언제 와. 아까부터 있었는데."

"아, 책 읽느라 몰랐나 보다."

강민은 들고 있던 편지 봉투를 책가방에 쑤셔 넣었다. 안 그래도 허연 얼굴에 더욱 핏기가 없다. 이수는 수상한 눈길로 강민의 행동을 주시했다.

"오늘 무비 데이 어쩌고 아냐? 다들 왜 안 와?"

"아, 맞다. 자영이는 못 온다고 카톡 왔어."

"왜?"

"학교 때문이지 뭐. 선생님이 다녀갔는데도 계속 학교에 안 간다고 해서 엄마랑 사이가 안 좋대. 학교도 안 가면서 어딜 쏘다니냐고 잔소리를 들은 모양이야."

15살이나 먹어서 밖에 잠깐 나가는 것도 엄마한테 허락을 받아야 하나. 하여튼 답답함의 화신이다.

"그 누나는?"

"선미? 못 온다는 말은 없었는데. 잘 모르겠다."

강민이 책가방을 어깨에 둘렀다.

"이수야, 나도 오늘은 영화 못 보겠다. 미안."

"아, 진짜! 장난하나. 그쪽이 오늘로 정했잖아!"

"나도 알아. 한 번만 봐주라. 머리가 너무 아파서."

강민은 책가방을 멘 쪽으로 금세라도 쓰러질 것 같았다. 속이 불편한지 자꾸 마른침도 삼켰다. 왜 자꾸 머리가 아프다고 하는지 수상하다. 선미의 엄마처럼, 강민도 혹시 불치병에 걸린 건 아닐까. 그렇다면 이 우울한 조합에 낀 이유를 이해할 수 있다. 이수는 슬쩍 떠보았다.

"병원은 다녀?"

강민이 다정하게 웃었다. 자기를 걱정해 준다고 착각한 모양이다.

"그 정도는 아냐. 다음에 보자."

강민은 현관 쪽으로 서둘러 걸어갔다. 거실에 정적이 흘렀다. 이 집에 혼자 있는 게 처음도 아닌데 빈 거실이 문득 어색했다. 이수는 자영을 생각했다. 그 애들을 죽여 주겠다고 한 것도 그렇고, 학교에 가지 말라고 했던 것도 별생각 없이 한 말이었다. 자영이 하도 답답해서 세게 말해 준 것뿐이었다. 자신을 괴롭히는 애들에게는 찍소리도 못 하는 주제에 자기 말을 듣고 학교에 안 가겠다고 결심할 줄은 꿈에도 몰랐다. 잘된 건지 아닌지 머릿속이 복잡했다. 짜증 나게 계속 마음이 쓰인다.

이수는 다 함께 보려고 골라 둔 디브이디를 탁자에 던졌다. 혼자 볼 기분은 영 나지 않았다. 지난번에 봤던 스파이더맨 영화도 사실은 컴퓨터로 내려받아 집에서 혼자 봤던 영화였다. 이미 봤던 영화라는 게 무색할 만큼 재미있었다. 멤버들과 같이 봤기 때문이라는 사실은 인정하고 싶지 않았다.

이수는 욕설을 내뱉으며 책가방을 걸쳤다. 휑뎅그렁한 집을 혼자 지킬 마음은 조금도 없었다.

4

웬일로 현관문이 열려 있다. 안에서 뭔가를 요란하게 던지는 소리가 났다. 엄마가 악을 쓰는 소리와 다른 여자들의 목소리도 들렸다.

이수는 집 안으로 뛰어들어 갔다. 덩치 큰 중년 여자가 엄마의 머리채를 잡고 비좁은 거실 안을 끌고 다녔다. 커트 머리에 딱 붙는 하얀 바지를 입은 여자는 싱크대 선반에 있는 그릇들을 닥치는 대로 바닥에 던졌다.

집 안은 태풍이라도 휩쓸고 지나간 모습이었다. 아직 베란다로 치우지 않은 선풍기가 거실 한가운데 뒹굴었고, 텔레비전은 선풍기 위에 아슬아슬하게 얹혀 있었다. 엄마의 머리채를 잡은 여자는 이수도 혀를 내두를 만큼 쉬지 않고 욕설을 퍼부었고, 엄마는 끌려 다니면서도 지지 않고 악을 썼다.

"유부남인 거 몰랐다고! 그러게 네가 남편 간수를 잘하지 그랬어!"

이수는 덩치 큰 여자를 엄마에게서 간신히 떼어 낸 뒤 온 힘을 다해 밀어 버렸다. 여자는 그릇들이 널브러진 곳에 나뒹굴었다. 하얀 바지 여자가 씩씩거리며 이수를 떠밀었다.

"넌 또 뭐야?"

"나? 저 여자 자식이다. 어쩔래?"

쓰러졌던 여자가 엄마에게 소리쳤다.

"야! 네 새끼한테 부끄럽지도 않아? 응?"

엄마가 발을 구르며 외쳤다.

"몰랐다고! 네 남편이 속였다고! 나도 피해자라고!"

하얀 바지 여자가 엄마를 향해 손을 들었다.

"피해자 좋아하시네! 뭘 잘했다고 입을 나불대!"

이수는 오른쪽 주머니에서 주머니칼을 꺼냈다. 그리고 하얀 바지 여자의 턱을 향해 휘둘렀다.

"진짜 피해자로 만들어 줄까? 빨리 안 나가!"

하얀 바지 여자가 뒤로 물러섰다. 덩치 큰 여자도 칼을 보자마자 잽싸게 몸을 일으켰다. 하얀 바지 여자가 요란하게 혀를 찼다.

"그 어미에 그 아들이네. 하긴 뭘 보고 자랐겠어."

"계속 나불거려 봐. 한 마디도 못 하게 만들어 줄 테니까."

이수가 한 걸음 다가가자 하얀 바지 여자가 비명을 질렀다.

"너, 이 새끼! 다 신고할 거야!"

엄마가 외쳤다.

"해! 신고해! 나도 기물파손죄랑 폭행죄로 너희 고소할 거야! 네 남편도 사기죄로 고소할 거야! 경찰 불러! 부르라고!"

이수는 주위를 둘러봤다. 소파 옆에 처음 보는 핸드백 두 개가 뒹굴고 있었다. 이수는 여자들의 얼굴을 향해 핸드백을 던졌다. 여자들은 핸드백을 집어 들고 정신없이 내뺐다.

이수는 현관문을 요란하게 닫았다. 엄마는 소파에 앉아 숨을 몰아쉬었다. 머리는 볼품없이 헝클어졌고, 오른쪽 뺨은 부어올

시간을 건너는 집

랐다. 무슨 일 때문인지 굳이 물을 필요가 없었다. 방금 들은 대화만으로도 충분히 파악할 수 있었다.

한 가지만 확인하면 된다.

"진짜 몰랐어? 대답해!"

"너까지 시끄럽게 왜 이래! 뭘 몰랐냐는 거야!"

"그 가구점 늙다리 유부남인 거! 진짜 몰랐냐고!"

"아까 뭘 들었어! 몰랐다고 했잖아!"

엄마가 이수의 눈길을 피하며 물었다.

"가구점 한다는 건 어떻게 알았니?"

"지금 그게 문제야? 뻥이지? 유부남인 거 처음부터 알고 있었지? 그쪽이 나한테 거짓말을 한두 번 한 게 아니잖아, 응?"

엄마는 코웃음을 치면서도 이수와 눈을 마주치지 못했다. 이수가 현관 쪽으로 걸어가자 엄마가 외쳤다.

"어디 가! 나 혼자 어떻게 치우라고!"

***

이수는 시장에서 급하게 산 싸구려 야구 모자를 깊숙이 눌러 썼다. 검은색 황사 마스크도 눈 밑까지 끌어 올렸다. 가구점 옆 비좁은 골목길에 낯익은 회색 카니발이 보였다. 가구점의 통유리창을 슬쩍 들여다보니 남자는 젊은 부부를 데리고 다니며 가구를 보여 주고 있었다.

이수는 고개를 숙인 채 주변을 살피며 카니발 쪽으로 걸었다. 차 주위를 한 바퀴 돌면서 주머니칼로 차체를 긁기 시작했다. 듣기 싫은 쇳소리에 소름이 끼쳤지만, 차체는 놀랄 만큼 쉽게 긁혔다. 짙은 회색빛 차에 금세 하얀 띠가 둘렸다. 이래서 사람들이 외제차를 찬양하는 모양이다.

이수는 다시 한번 주변을 살핀 뒤 주머니칼을 자동차 후드에 힘차게 내리꽂았다. 일산까지 지하철을 타고 오면서 생각해 둔 글자는 '더러운 놈'이었다. 하지만 글자를 새기는 건 차체를 긁을 때보다 훨씬 어려웠다. 국산 자동차에 대한 무시는 금세 사라졌다. 글자가 꺾이는 부분에서는 손목에 잔뜩 힘이 들어갔고, 찌그러진 'ㅇ'자는 우스꽝스러워 보였다.

마지막 한 글자를 남겨 두었을 때, 남자의 우렁찬 목소리가 들렸다.

"잘해 드리겠습니다! 조심히 가세요."

이수는 주머니에 황급히 칼을 넣고 골목길 뒤쪽으로 쏜살같이 도망쳤다. 마지막 글자를 새기지 못한 게 못내 아쉬웠다.

5

형사는 옆에 놓인 명함을 흘끔거렸다. 명함에는 서울에 있는 유명 대학교의 이름과 법학과 교수인 강민 아버지의 이름이 적혀 있었다.

"여섯 시부터 몇 시까지 같이 있었다고?"

"여섯 시 반까지요. 그때가 학원 쉬는 시간이거든요. 이수라는 애가 게임기를 가지고 저희 학원 앞으로 왔어요. 제가 돈 주고 물건 받은 뒤에 학원 근처에서 이십 분 정도 게임 얘기를 하다가 헤어졌어요."

어색해 보이지 않길 바라며 강민은 살짝 미소 지었다. 이틀 전, 강민은 시간의 집에서 이수를 만났다. 엄마를 괴롭힌 아저씨의 차를 긁고 도망쳤는데, 아저씨가 경찰에 신고를 했다고 했다. 블랙박스에 자신의 모습이 찍혔지만, 모자와 마스크 때문에 확실히 알아볼 수가 없다고 했다. 하지만 영상을 본 아저씨의 부인은 이수가 맞다고 확신했고, 경찰의 연락을 받은 이수는 그 시간에 강민과 함께 있었다고 거짓말을 했다.

형사는 딱딱한 마우스패드에 볼펜을 소리 나게 두드렸다. 아버지랑 함께 있어도 긴장되는 건 어쩔 수 없다. 형사가 자신의 거짓말을 다 알면서 일부러 떠보는 것만 같았다.

"학원 위치는?"

"대치동 세일 학원요."

"너희 둘이 얘기하는 걸 본 사람은?"

강민은 기억을 떠올리는 척했다.

"글쎄요……. 그때는 애들이 편의점이나 패스트푸드점으로 몰려가는 시간이라 잘 모르겠어요. 학원에 특별히 친한 애는 없어서."

아버지가 끼어들었다.

"저희 애는 그날 분명히 학원에 있었습니다. 제가 학원에 이미 확인했어요. 의심 되면 형사님도 해 보시죠. 학원 입구에 시시티브이도 있을 테고요."

가슴이 철렁했다. 시시티브이는 생각도 하지 못했다.

형사가 다시 물었다.

"신이수는 원래 모르는 애고?"

"네. 그날 처음 봤어요. 인천 사는 중학생이라면서요. 그렇게 멀리 사는 애를 제가 어떻게 알겠어요."

아버지가 말했다.

"이제 됐습니까?"

"하나만 더요. 중고 거래를 증명할 기록이 있니? 신이수가 중고 거래 사이트에 게임기 사진 같은 걸 올렸다거나."

강민은 한숨을 쉬었다.

"아, 그게. 컴퓨터 게임 하다 온라인상에서 어쩌다 나눈 얘기

시간을 건너는 집

라……. 거기에서 급하게 전화번호 교환하고, 제가 그날 여섯 시에 게임기 가지고 학원 앞으로 오랬어요."

강민은 점점 초조해졌다. 이야기가 길어질수록 덜미를 잡힐 것 같다. 강민은 난처한 얼굴로 일부러 손목시계를 봤다.

"아빠, 이러다 학원 늦겠는데요."

아버지가 말했다.

"이만하면 됐습니다. 신이수라는 아이 알리바이는 충분히 성립된 것 같은데요."

형사가 한숨을 쉬며 다시 마우스패드에 볼펜을 두드렸다.

"네, 협조해 주셔서 감사합니다. 의문 사항이 생기면 다시 연락드리죠."

강민은 의자에서 얼른 일어났다. 아버지가 말했다.

"심각한 사건도 많을 텐데 수고가 많으시네요."

"신고가 들어온 이상 조사는 해야 하니까요."

형사는 아버지와 악수를 나누면서도 강민에게서 시선을 떼지 않았다. 강민은 형사에게 예의 바르게 인사한 뒤 아버지와 경찰서를 나왔다. 아버지가 짐짓 엄한 목소리로 말했다.

"김강민. 네가 지금 중학생이랑 게임기 거래할 때가 아닌 것 같은데. 중간고사 성적은 아직 안 나왔고?"

강민은 아버지의 검은색 벤츠 앞에서 멋쩍게 웃었다.

"죄송해요. 걔가 돈이 궁했는지 엄청 싸게 판댔거든요. 구하기 힘든 게임기라 솔깃했어요. 학원에는 절대 안 늦게 들어갔으니 걱정 마세요."

아버지는 엄한 눈초리로 강민을 바라봤지만 속마음은 흐뭇했다. 한 번도 부모 속을 썩인 적이 없는 아들이다. 어딜 가도 자식 농사를 잘 지었다는 소리를 들었다. 아버지는 괜히 물었다.

"너, 꿈이 뭐라고 했지?"

"변호사요. 국선 변호사!"

"'국선'만 빼면 더 좋겠다."

아버지와 강민은 웃으며 차에 올랐다.

***

"어, 나야."

이수가 시무룩한 목소리로 전화를 받았다. 강민은 일부러 거들먹거리며 말했다.

"잘 해결됐으니까 걱정하지 마."

"의심 안 해?"

"글쎄. 문제는 우리가 같이 있었다는 걸 증명하는 건데. 그저께 말 맞춘 대로 학원 근처에서 만났다고 했거든? 오는 길에 아빠한테 슬쩍 물어보니까 이런 사건으로 학원 시시티브이까지 확인하지는 않을 거래."

"됐네, 그럼."

"야, 그 아저씨가 뭘 어쨌기에 차를 그 지경으로 만들었어? 네가 수리비 몽땅 물어낼 뻔했잖아."

"이유는 묻지 말고 도와 달랬잖아! 지들이 한 짓은 생각도 안 하고 경찰에 신고할 줄은 꿈에도 몰랐다고."

"요즘 차에는 다 블랙박스 있어. 찍힐 줄 몰랐어?"

"누굴 바보로 아나! 그래서 마스크랑 야구 모자 썼다고. 그리고 그날은 열 받아서 뵈는 게 없었어."

학원으로 들어가는 아이들이 점점 늘어났다. 강민은 손목시계를 흘깃 봤다. 오 분 뒤면 수업 시작이다.

"야, 그래도 다른 사람 차를 그렇게……."

"잔소리할 거면 다시 경찰서 가! 가서 우리 만난 거 다 구라였다고 꼰질러!"

그럴 수는 없어. 이제야 내가 왜 그 집의 멤버가 됐는지 알았으니까.

"장난하냐? 이제 나도 공범자야. 야, 근데 너 성이 신 씨더라?"

"아, 진짜!"

강민이 진지하게 말했다.

"거짓말 해 주는 거, 이번이 마지막이야. 다시는 이런 사고 안 치겠다고 약속해."

"형도 약속해. 여자애들한테 말 안 한다고."

"너, 방금 나한테 형이라고 했냐?"

"아 씨, 지금 그게 중요해?"

강민은 전화를 끊고 핸드폰 주소록을 열었다. '이수'라고 저장했던 이름을 '신이수'로 고치고 다시 저장했다. 이수가 예전만큼 자신에게 차갑게 굴지 않는다는 걸 강민은 알고 있었다. 경찰서 일까지 끝내자 마음이 홀가분했다. 아저씨에게 답장을 받은 뒤 며칠 동안은 무슨 정신으로 살았는지 알 수가 없었다. 답장의 내용은 올해의 마지막 날까지 비밀로 해야 한다. 그 일을 아는 사람은 어차피 아저씨와 할머니, 강민뿐이다. 아저씨와 할머니가 멤버들에게 떠벌릴 일은 없으니 자신만 입을 다물면 된다.

멤버들과 헤어지는 마지막 순간까지.

6

선미가 강민의 핸드폰을 흘깃 들여다봤다.

"뭘 그렇게 열심히 봐?"

강민은 핸드폰을 얼른 카디건 주머니에 집어넣었다.

"아, 충북에서 17살 여자애가 실종됐대. 학원 간다고 집을 나간 뒤로 싹 사라져 버렸다나."

이수가 팔짱을 끼며 중얼거렸다.

"뻔한 거 아냐? 빡치는 일이 있어서 가출했겠지. 부모가 꼴도 보기 싫었다거나."

선미가 말했다.

"아니지. 흉악범들한테 납치된 걸 수도 있지."

"가출이든 납치든 시시티브이 찾아보면 나올 거 아냐."

강민이 고개를 끄덕였다.

"그래. 요즘엔 어딜 가나 시시티브이가 있으니까. 경찰도 엄청 많이 투입됐다니까 금세 찾겠지."

디브이디를 집어든 손이 떨렸다. 강민은 멤버들이 눈치채지 못하도록 일부러 디브이디를 흔들었다.

"자, 오늘의 영화는 신이수가 고른 「어벤저스 인피니티 워」!"

선미가 말했다.

"신이수? 성이 신 씨였니? 예쁜 이름이네."

이수가 강민을 노려봤다. 강민이 익살스럽게 자신의 입을 막았다.

"웁스. 말해 버렸네."

성질을 낼 줄 알았던 이수는 입을 비쭉이며 고개를 돌렸다. 선미는 피식 웃음이 나왔다. 며칠 새 이수와 강민이 부쩍 친해진 느낌이다.

강민이 말했다.

"우리 이러다 마블 영화 모조리 섭렵하겠다. 그런데 말이야,

마지막 날이 지나면 함께 보냈던 기억이 다 삭제되잖아. 그럼
같이 본 영화에 대한 기억도 싹 사라지는 건가?"

선미가 말했다.

"그렇겠지. 멤버들이 함께 본 거니까."

"이런……. 좀 아쉬운데. 자영아, 이 영화 봤어? 제발 안 봤다
고 말해 줘! 꼭 보고 싶었단 말야."

자영은 아까부터 말이 없었다. 학교에 가지 않은 뒤로 훨씬
밝아졌던 얼굴이 오늘은 다시 예전 분위기를 풍긴다. 선미가 물
었다.

"자영아, 어디 아파? 무슨 일 있어?"

이수가 자영을 흘끔거렸다.

"학교 가라고 엄마가 들들 볶나 보지."

"그 영화 봐요……. 저도 아직 안 봤어요."

선미가 말했다.

"엄마가 계속 잔소리하시면 겨울 방학 지나고 가겠다고 말씀
드려."

"그게…… 다음 주에 아빠가 베트남에서 돌아오셔서 보름 정
도 계세요. 그때는 무슨 일이 있어도 학교에 가라고……. 아빠
가 알면 큰일 난다고……."

이수가 말했다.

"답답하네. 꼭 학교에 갈 필요가 뭐 있어. 교복 입고 나와서

이 집에 있으면 되잖아."

"그 생각도 해 봤는데…… 여기 그렇게 오래 있어도 될지 몰라서."

선미가 말했다.

"괜찮지 않을까? 오래 있으면 안 된다는 규칙은 없었잖아. 마음이 불편하면 아저씨한테 편지 써 봐. 보름 정도만 평소보다 길게 있겠다고. 그 아저씨 생각보다 다정해. 답장도 하루 만에 오고."

자영이 눈을 깜박였다.

"언니는 벌써 아저씨랑 편지 주고받았어요? 언제요?"

"얼마 안 됐어. 뭘 부탁했는데 단칼에 거절당했지."

선미는 결심한 듯 다시 입을 열었다.

"지금 우리 집, 아주 개판이야. 어제 엄마 병원에 갔었는데 할머니가 오셨어. 웬일로 엄마를 보러 왔나 했지. 근데 오자마자 아빠한테 웬 아줌마 사진을 내밀더라? 주말에 시간 있으면 만나 보라고. 쟤야 곧 죽을 게 뻔한데 너도 빨리 새 인생 살아야 하지 않겠냐고. 나, 그 말 듣고 완전히 돌아 버렸잖아. 엄마 앞에서 뭐 하는 짓이냐고 고래고래 소리를 질렀더니 뭐라는지 알아? 넌 네 아빠가 불쌍하지도 않냐고 하더라. 얼굴이 반쪽이 됐다나 뭐라나."

이수가 중얼거렸다.

"미친 거 아냐?"

자영이 말했다.

"아빠는…… 그 아줌마 만나신대요?"

"내 앞에서야 당연히 안 만난다고 하지. 어쨌든 엄마가 이삼 개월밖에 못 산다는 얘기를 듣고 곧장 아저씨한테 편지를 썼어. 문을 선택하는 날이 오기도 전에 돌아가시면 지금까지 이 집에 왔던 거 말짱 헛수고가 되잖아. 그래서 아저씨한테 문을 선택하는 시간을 한 달만 앞당겨 달라고 부탁했는데 거절당했어. 문은 딱 정해진 시간에만 열린대."

아무도 입을 열지 못했다. 이수조차 시무룩한 얼굴이다. 선미는 이참에 강민을 떠보기로 했다.

"우체통에 편지 넣을 때 보니까 네가 쓴 편지도 있더라. 답장 잘 받았어?"

강민이 어색하게 웃었다.

"아, 나도 궁금한 게 있어서. 네 말대로 그 아저씨 친절하더라."

이수가 말했다.

"뭘 물어봤는데?"

"별거 아냐. 어쨌든 나도 자영이가 이 집에 있으면 좋을 것 같아. 근데 담임 선생님이 엄마한테 전화하지 않을까? 그러면 학교에 안 간 거 들킬 텐데."

"들키면…… 도서관에 있었다고 할게요. 엄마도 아빠가 있을 때는 그 일로 혼내지 못할 테니까……. 언니 말대로 아저씨한테 편지도 써 볼게요."

선미는 씁쓸했다. 자영을 괴롭힌 아이들은 아무 일도 없었다는 듯이 학교에 나오는데, 자영은 그 아이들을 피해 숨어 있다. 엄마는 자영을 집에서 밀어내고, 아빠에게도 사실을 털어놓지 못한다. 넌 잘못이 없으니 당당히 학교에 가라고 조언해 줄 수도 있다. 어차피 두 달이 지나면 모든 상황이 바뀔 테니 용감하게 맞서라고 말이다.

하지만 자신이 자영의 처지라면 쉽게 용기를 낼 수 있을까. 하루하루가 지옥 같을 텐데 두 달만 참으면 된다고 말할 수 있을까.

부엌으로 사라졌던 강민이 쟁반을 들고 나타났다. 찻잔 네 개에 큼직한 자몽 조각이 떠 있는 불그스름한 차가 담겨 있다.

"할머니가 레몬청이랑 자몽청 만드신 거 아무도 몰랐지? 나 없을 때도 꼭 타 먹어. 달고 맛있어."

따뜻한 차가 생각날 만큼 어느새 날씨가 쌀쌀해졌다. 강민이 아이들 앞에 찻잔을 하나씩 놓아 주며 말했다.

"우리가 헤어지기 전에 눈이 엄청 많이 내리면 좋겠다. 다 같이 커다란 눈사람도 만들고 눈싸움도 하고. 얼마나 좋은 추억이 되겠어."

자영이 차를 홀짝이며 속삭였다.

"재밌겠다."

이수가 말했다.

"추억 같은 소리 하시네. 어차피 그 기억도 사라질 거 아냐."

강민은 눈이 쌓인 모습을 상상하듯 창밖의 마당을 물끄러미 바라봤다.

"그런가. 생각만 해도 섭섭한데."

선미는 차를 후후 불며 강민을 흘끔거렸다. 남색 카디건과 하늘색 교복 셔츠가 하얀 피부에 잘 어울렸다. 아까 편지 얘기를 꺼냈을 때 강민은 서둘러 말을 돌렸다.

아저씨에게 받은 답장에 무슨 이야기가 적혀 있을까.

저 상냥한 얼굴 뒤에 말 못 할 비밀이 숨어 있는 건 아닐까.

강민과 선미의 눈이 마주쳤다.

"어머님 괜찮으실 거야. 우리, 그렇게 믿자."

"그래, 고마워."

이수가 말했다.

"에이 씨, 영화는 도대체 언제 볼 거야!"

시 간 을 건 너 는 집

11월

1

거실 창문으로 눈부신 아침 햇살이 쏟아졌다. 자영은 햇빛 사이를 자유롭게 떠다니는 먼지들을 향해 손을 뻗었다. 오후까지 이곳은 온전히 자영만의 공간이다. 서재에서 마음에 드는 책을 읽고, 영화도 보고, 낮잠도 잘 것이다. 강민과 선미는 학교가 끝난 뒤에 잠시라도 들르겠다고 약속했다.

자영은 책가방에서 아저씨의 답장을 꺼냈다. 방에 두었다가는 엄마에게 들킬지도 몰라 이곳까지 가져왔다. 편지에 특별한 마법이 깃들어 있기라도 한 듯, 이 편지만 읽으면 기운이 났다. 벌써 세 번도 넘게 읽은 편지였지만, 자영은 소파에 앉아 편지를 다시 한번 펼쳤다.

　　　　　　　　　　　시간을 건너는 집

자영 양,

편지를 보내 주어 고맙다. 너와 이수에게서는 아무 소식이 없어서 살짝 섭섭했단다. 그 집에서 즐겁게 지내고 있는지, 얼마 남지 않은 선택의 순간을 위해 충분히 고민하고 있는지 궁금했거든.

학교에서 겪은 일을 편지에 자세히 썼더구나. 네 이야기를 듣고 간만에 정말로 화가 났단다. 마음 같아서는 당장 학교로 쳐들어가 그 아이들을 혼쭐내 주고 싶었다(실제로 무슨 좋은 방법이 없을까 진지하게 고민하기도 했다).

일주일에 세 번 이상 나와야 하는 규칙은 있지만, 머무르는 시간에 대한 규칙은 없다. 그 집에서 온종일 빈둥대도 좋아. 지난 일은 훌훌 털어 버리고 빨리 일어서라는 어이없는 말은 하지 않겠다. 어른도 그럴 수는 없으니까. 나는 네가 충분히 괴로워하고 아파하길 바란다. 그런 무시무시한 일을 겪었으니 힘들고 겁이 나는 건 당연한 일이야.

솔직히 난 우리의 삶이 '苦'라고 생각한다(이 정도 한자는 알고 있겠지?). 인생에는 씁쓸하고 괴로운 일이 가득하다는 뜻이야. 인생은 '苦'이지만, 그럼에도 'Go' 해야 하는 것이란다. 이런 말을 해 봤자 지금은 와닿지 않겠지만, 이 세상은 진성여중 2학년 교실과는 비교할 수 없을 정도로 넓단다. 삶의 길을 걷다 보면 손을 잡고 함께 온기를 나눌 사람들을 분명히 만나게 될 거야. 네가 그런 사람들을 이미 만난 것처럼.

네 편지를 읽고 당연히 부탁을 들어줄 생각이었는데 그사이에 강민 군과 선미 양이 편지를 보냈지 뭐냐. 네가 그 집에 평소보다 길게 머물 생각인데 허락해 달라고 말이야. 둘 다 자기들이 편지를 쓴 걸 비밀로 해 달랬는데, 이런 일은 널리 퍼뜨려야 하지 않겠니?

자, 이제 내 편지는 가방 깊숙이 숨겨 두고 쉬어라!

추신. 이수 군의 손가락이 부러지지 않았는지 꼭 확인해 줄래?

10월 29일
시간의 집사

아저씨의 말투에 웃음이 나다가도 선미와 강민을 떠올리면 가슴이 뭉클해졌다. 두 사람이 아저씨에게 편지까지 써 줄 줄은 몰랐다.

자영은 아저씨의 답장을 책가방 안쪽에 넣고 지퍼를 단단히 잠갔다. 그리고 일어서서 집 안을 천천히 돌아다녔다. 혼자 있어서인지 집에 대한 수많은 궁금증들이 꼬리를 물고 피어올랐다. 이 집은 과연 누가 만들었을까. 언제부터 아이들을 도와주기 시작했을까. 몇 명이나 되는 아이들이 이곳을 거쳐 갔을까.

그 아이들은 어떤 문을 선택했을까.

시간을 건너는 집

자영은 난간을 손으로 쓸며 2층으로 이어지는 계단을 올랐다. 이 집을 흉가라고 생각했던 기억이 떠오르자 갑자기 으스스한 기분이 들었다. 2층은 지난번과 똑같은 모습이었다. 복도를 사이에 두고 굳게 닫힌 문들이 마주 보고 있다. 자영은 오른쪽 문의 손잡이를 조심스레 돌렸다. 역시 돌아가지 않는다.

이 집에 처음 왔을 때는 당연히 미래의 문을 선택할 거라고 생각했다. 되도록이면 5년 뒤의 미래로 가서 대학생이 되어 있고 싶었다. 하지만 아저씨의 편지를 되풀이해 읽는 동안 불쑥 이런 생각이 들었다. 나는 잘못한 것도 없는데 왜 미래로 가야 하나. 시간의 집은 미래의 문을 선택한 아이에게는 뛰어넘은 시간의 공백을 채울 수 있는 새로운 삶을 만들어 준다고 했지만, 그걸 진짜 내 삶이라고 할 수 있을까? 현재를 살아가다 멤버들처럼 좋은 사람들을 만날 수 있는 기회가 또 존재한다면?

갑자기 카톡음이 울리는 바람에 자영은 소스라치게 놀랐다.

−아침에 잠깐 들르려고 했는데 늦잠 잤어. ㅠㅠ. 혼자 안 심심해? 8:28

자영은 강민에게 메시지를 입력하며 1층으로 내려왔다.

−네. 괜찮아요. ^^. 8:29

선미에게도 카톡이 왔다.

—뭔가 부럽다, 자영아. 자유를 만끽해! 8:30

이수도 단톡방에 뜬 메시지들을 읽었지만 조용하다. 찡그린 얼굴로 핸드폰을 보고 있을 이수의 모습이 눈에 선했다. 이 집에 들어온 뒤로 가장 많이 변한 사람은 이수였다. 여전히 웃지 않고 자주 툴툴거리지만 멤버들을 쏘아보던 섬뜩한 눈빛은 사라졌다. 자영을 대할 때도 그랬다. 자영이 학교에 가지 않은 뒤로 자주 시무룩한 얼굴로 자영을 흘끔거렸다. 자영의 등교 거부가 자기 탓이라고 생각하는 모양이었다.

자영은 이제 예전만큼 이수가 불편하지 않았다. 좋은과 세은을 없애 주겠다고 했을 때는 소름이 돋을 정도로 무서웠지만, 진심으로 한 말이 아니었을 것이다.

이제 다음 달이면 멤버들과 헤어져야 한다. 크고 작은 기억들이 머릿속에서 싹 지워진다.

그런 일이 정말 가능할까.

막을 수 있는 방법은 전혀 없는 걸까.

시간을 건너는 집

2

현관문의 비밀번호를 누르는 소리가 들렸다. 벌써 자정이 넘었다. 선미가 거실로 나가자 아빠가 조심스레 현관문을 열고 들어왔다.

"아직도 안 잤니?"

"공부하면서 아빠 기다렸지. 병원 다녀온 거야?"

아빠는 한숨을 쉬며 넥타이를 느슨하게 풀었다. 요즘 들어 눈에 띌 정도로 살이 빠졌다. 늘 입고 다니던 재킷이 헐렁할 정도다.

"응. 나도 오늘은 너무 피곤해서 얼굴만 보고 왔어."

아빠가 일하는 회사에서 다음 달에 새로운 핸드폰이 출시된다. 주말에도 출근을 한 지 벌써 몇 주가 지났다. 아빠가 싱크대 선반을 열고 손을 헤집었다.

"뭐 찾아?"

"머리가 너무 아파서. 진통제 좀 먹고 자려고."

아빠는 요즘 습관처럼 진통제를 삼켰다. 아빠까지 병이 날까 봐 선미는 덜컥 겁이 났다.

"내가 자주 가니까 아빠는 매일 안 가도 돼."

"무슨 소리야. 어른이 얼굴 비춰야지. 그래야 간병인도 게으름 안 부리고 환자 돌본다더라. 늦었다. 얼른 들어가서 자."

다음 달까지만 힘내서 버티자고 말하려다 그만두었다. 무슨 뜻인지 아빠가 이해할 리 없다.

선미는 침대에 누워 핸드폰을 들었다. 강민의 편지를 찍은 사진을 찾아 확대했다. 편지 생각은 그만하려 했는데, 아빠가 두통약을 찾는 모습에 강민이 또다시 떠오르고 말았다.

잘생긴 외모와 달리 의외로 악필이지만, 맞춤법도 틀린 곳이 없고 띄어쓰기까지 완벽하다. 선미는 편지의 중간부터 훑어 내려갔다.

이 집의 모든 부분이 낯이 익어요. 할머니와 아저씨도 어디선가 만났던 사람 같고요. 선미의 생일날, 제가 마당에서 파티를 하자고 했어요. 순간 지하실에 있는 탁자와 파라솔이 어렴풋이 떠올랐죠. 제가 그 사실을 무슨 수로 알았을까요?

이상한 일은 그 뒤에도 일어났습니다. 자영이가 학교 폭력을 당한 이야기가 나올 때마다 누군가 날카로운 송곳으로 머리를 사정없이 찌르는 것 같았어요.

이런 일들을 겪은 뒤, 나름대로 추측을 해 보았습니다. 이 집과 두 분이 낯설지 않은 이유는 제가 예전에 이 집에 왔던 적이 있기 때문이 아닐까요? 혹시 자영이처럼 저도 학교 폭력 피해자라는 이유로 이 집의 멤버가 되었던 건 아닐까요? 제 추측이 사실이라면 다른 궁금증이 생깁니다.

저는 왜 또다시 이 집에 오게 됐을까요?

저는 멤버들에게 미안할 정도로 행복합니다. 미래로도 과거로도 가고 싶지 않아요. 제가 이 집에 온 이유를 도저히 알 수가 없습니다.

아저씨에게 답장을 받은 뒤로, 선미는 거의 일주일 동안 강민을 보지 못했다. 나중에 물어보니 자영과 이수도 마찬가지라고 했다. 그렇게 자주 보내던 카톡도 오지 않았다. 규칙 때문에 일주일에 세 번은 나왔겠지만 다른 멤버들이 없을 때 다녀간 모양이었다.

다시 만난 강민은 예전과 똑같은 모습이었다. 멤버들에게 스스럼없이 말을 걸고, 다 함께 모이자고 카톡을 보냈다. 어떤 답장을 받았는지 궁금했지만 방법이 없었다. 편지를 몰래 훔쳐봤다는 말은 절대로 할 수 없다.

어제 멤버들은 다 함께 그 집에 모였다. 자영이 그 집에서 긴 시간을 보낸 첫날이었다. 선미는 강민을 다시 한번 떠보려고 멤버들에게 물었다.

12월이 지나면 모든 기억이 사라질 텐데, 혹시 시간이 흘러 또다시 이 집의 멤버가 될 수 있을까?

이수는 예상대로 들은 척도 안 했다. 자영은 모르겠다고 대답했다. 강민은 열심히 생각하는 척하더니 이렇게 말했다. 말도 안 돼. 설마 같은 아이에게 두 번이나 기회를 주겠어? 힘든 일을 겪고 있는 다른 아이들도 많을 텐데.

선미는 강민의 어색한 웃음이 마음에 걸렸지만, 더 이상 파고

들 방법이 없었다. 동시에 이런 생각도 들었다. 엄마를 걱정할 시간도 부족한데 강민의 비밀까지 파헤쳐야 할까. 숨기고 싶어 하는 이야기를 들쑤시는 게 과연 옳은 일일까.

하지만 한 번 생긴 호기심은 쉽사리 사라지지 않았다. 선미는 강민의 편지를 생각하며 오랫동안 뒤척이다 간신히 잠이 들었다.

3

햇볕에 그을린 두툼한 손이 자영의 머리를 쓰다듬었다.

"우리 딸도 같이 가야 하는데."

자영은 아빠의 손길이 어색해서 한 걸음 물러났다. 현관에 바퀴 달린 여행 가방이 놓여 있었다. 엄마가 등을 돌리자 자영은 아기띠에 달린 버클을 끼워 주었다.

"당신도 참. 요즘 중학생들이 얼마나 바쁜지 알아? 다음 달에 기말고사 보는데 자영이는 공부해야지."

아빠는 귀국할 때마다 전주에 있는 할머니 댁에 들렀다. 자영은 중학생이 되면서부터 시험을 핑계로 따라가지 않았다. 어차피 할머니도 자영을 봐도 반가운 기색이 없었다.

아빠가 지갑에서 오만 원짜리 지폐를 꺼냈다.

"문단속 잘하고. 친구들이랑 맛있는 거 사 먹어."

자영은 돈을 받으며 고개를 끄덕였다. '친구'라는 말 때문인지 엄마는 착잡해 보였다.

현관문이 닫히자 안도의 한숨이 절로 나왔다. 며칠 동안은 엄마의 눈치를 보지 않아도 된다. 아빠를 피해 억지로 아침에 집을 나설 필요도 없다. 자영은 멤버들이 몇 시에 오는지 물어보려고 핸드폰을 찾았다. 시간의 집 단톡방을 연 순간 카톡 메시지가 떴다.

－자영아, 잘 지내? 아직도 학교 안 나온다며. 걱정돼서 톡해. ㅠㅠ. 17:02

자영은 발신자의 프로필 사진을 몇 번이나 들여다보았다. 그아이가 카톡을 보냈다는 사실을 도저히 믿을 수가 없었다.

유나.

작년에 같은 반이었던, 단짝이라 믿었던 아이. 좋은과 세은이 자영을 괴롭히기 시작한 뒤로 결국 자영을 외면했던 아이. 그래도 유나가 있어서 처음에는 외롭지 않았다. 다른 애들이 자영을 따돌려도 유나가 끝까지 옆에 있어 주었다면 버틸 수 있었을 것이다. 1년 전 일이었지만, 자영은 유나가 자신을 피하던 모습이 아직도 생생했다.

자영에게서 답이 없자 유나가 다시 카톡을 보냈다.

-내가 예전에 못되게 굴었지. 정말 미안해. 나도 걔들이 무서워서 그랬어.

　학교는 언제부터 나와? 17:04

-나도 잘 몰라. 17:07

-저녁에 햄버거 먹을래? 내가 너무 미안해서. 꼭 만나고 싶어. ㅠㅠ. 17:07

　자영은 카톡방을 나와 설정을 바꿀 수 있는 화면으로 들어갔
다. 유나도 종은과 세은처럼 차단해 버릴 생각이었다. 그때 다
시 메시지가 떴다.

-오늘 여섯 시에 자주 가던 햄버거 가게에서 기다릴게. 올 때까지 기다릴

　거야. 꼭 나와 줘! 17:08

　유나가 말하는 햄버거 가게는 자영의 집에서 멀지 않은 곳에
있었다. 종은과 세은, 유나와 자영은 그 가게에서 자주 어울렸
다. 그때도 자영은 말이 많지 않았다. 대신 친구들의 이야기를
들으며 열심히 맞장구쳤다. 함께 웃고 떠들던 친구들이 자신을
괴롭힐 줄은, 몇 달 뒤에 말로만 듣던 왕따가 될 줄은 꿈에도 몰
랐다.

　유나의 행동을 완전히 이해할 수 없는 건 아니다. 종은과 세
은이 자영 대신 유나를 괴롭혔다면, 용기 있게 유나 편을 들고
끝까지 친구가 되어 줄 수 있었을까. 자영은 자신이 그랬을 거

시간을 건너는 집

라고 확신할 수 없었다. 유나도 왕따를 당하는 자영을 보며 마음이 안 좋았을지도 모른다.

아니다.

왕따를 당하는 사람이 자신이 아니라 다행이라고 생각했겠지.

시간이 흐를수록 초조해졌다. 유나가 미웠지만 무슨 말을 할지 궁금하기도 했다. 유나와 다시 친구가 된다면, 종은과 세은이 선생님과 약속한 대로 자영을 괴롭히지 않는다면, 다시 학교에 갈 수 있을지도 모른다. 유나는 같은 반이 아니지만 괜찮다. 친구가 한 명이라도 있다면 같은 반이 아니어도 견딜 수 있다. 선생님도 원하는 친구와 내년에 같은 반이 될 수 있도록 배려해 준다고 했다. 그렇게 된다면 굳이 미래의 문으로 들어가지 않아도 된다.

자영은 얇은 티셔츠에 도톰한 맨투맨을 겹쳐 입고 빛바랜 분홍색 야구 모자를 썼다. 일단 길을 걸으며 더 고민해 보기로 했다. 유나를 만나기 싫어지면 시간의 집에 가면 된다.

자영은 아파트 앞에 있는 넓은 횡단보도를 건넌 뒤 굴다리 쪽으로 걸었다. 낮에도 해가 들지 않아 어둑어둑한 굴다리를 지나면 새 아파트들이 밀집한 뉴타운이 나왔다. 해가 빠르게 저물어 가고 있었다. 쌀쌀한 저녁 공기에 코끝이 시렸다.

햄버거 가게가 있는 상가에 도착한 시간은 정확히 여섯 시였다. 자영은 전봇대 뒤에 숨어 가게 안을 바라보았다. 넷이 늘 앉던 자리에 유나가 보였다. 까무잡잡한 얼굴에 짙은 눈썹이 한눈에 들어왔다. 핸드폰을 보니 유나에게 카톡이 와 있었다.

−자영아, 나 도착했어. 올 때까지 기다릴게. 제발 나와 줘!!! 17:58

자영의 답장을 기다리는 듯 유나는 핸드폰을 뚫어지게 바라봤다. 심장이 터질 것처럼 뛰었지만, 배가 아프지는 않았다. 나는 더 이상 혼자가 아니다. 나를 걱정하고 응원해 주는 멤버들과 엄청난 기회를 선물해 준 아저씨와 할머니가 있다. 언제까지 전봇대 뒤에 숨어 있을 수는 없다.

자영은 햄버거 가게로 들어갔다. 그리고 유나 앞에 앉으며 일부러 차갑게 말했다.

"왜 불렀어?"

유나가 화들짝 놀라며 자영을 바라봤다. 자영이 정말 이곳에 왔다는 걸 믿을 수 없다는 얼굴이다.

뭔가 이상하다.

"나 오래 못 있어. 할 말 있으면 빨리 해."

유나가 눈길을 내리깔며 속삭였다.

"자영아, 핸드폰 가져왔지?"

유나는 뭔가에 쫓기는 사람처럼 초조해 보였다. 자영은 영문을 알 수 없어 고개만 끄덕였다.

시간을 건너는 집

"엄마한테 빨리 카톡 보내. 이리로 너 데리러 오라고."

"무슨 소리야?"

유나의 눈에 눈물이 고였다.

"진짜 미안해. 좋은이랑 세은이가 시켜서 나도 어쩔 수가 없었어. 걔들, 너한테 완전 화났어. 너 때문에 부모님한테 엄청 혼나고 학교에서도 완전히 찍혔다고. 오늘 학교에서 날 갑자기 부르더니 너한테 카톡 보내서 여기로 불러내라고 했어."

자영은 어지러웠다. 머리가 제대로 돌아가지 않는다.

"그럼…… 다 거짓말이야? 나한테 미안하다는 것도?"

"아니야. 그건 거짓말 아냐. 너한테 진짜진짜 미안해. 근데 나도 어쩔 수 없었어. 네가 내 입장이었더라도 똑같았을걸?"

유나는 유리창 밖을 곁눈질했다.

"네가 여기서 나가면 걔들이 끌고 갈 거야. 다른 일진들도 부른 것 같아. 빨리 엄마한테 카톡 보내. 그리고 있잖아……."

자영은 무슨 말이 나올지 두려웠다.

"내가 미리 알려줬다는 건 걔들한테 비밀로 해 줄래?"

"우리 엄마 집에 없어. 아빠랑 동생이랑 다 같이 할머니 댁 내려갔어."

"야, 그럼 어떡해! 부를 사람 하나도 없어?"

유나가 소리를 지르자 옆 테이블을 치우던 종업원이 자영과 유나를 흘끔거렸다.

"일단 내가 주문할 테니까 너는 화장실 가서 도와줄 만한 사람한테 전화해. 걔들이 밖에서 다 보고 있을 거야. 최대한 시간 끌어 보자."

유나는 지갑을 들고 허둥대며 카운터로 걸어갔다. 자영은 빈 테이블을 멍하니 내려다보다 화장실로 들어갔다. 배가 쥐어짜듯이 아프기 시작했다. 변기에 앉아 문을 잠그고 핸드폰을 꺼냈다. 마음을 다잡으려고 애썼지만 손이 덜덜 떨렸다.

도움을 청할 수 있는 사람은 단 한 명뿐이었다.

4

이수는 오른쪽 바지 주머니에 든 주머니칼을 굴리며 집 쪽으로 천천히 걸었다. 자영이 오지 않아 셋이서만 간식을 먹었다. 그 누나, 오늘따라 이상하게 굴었다. 엄마 얘기를 우리에게 편하게 할 수 있어서 마음이 홀가분하다며, 헤어질 때까지 비밀 없는 사이가 되자고 했다. 이수는 여느 때처럼 별다른 대꾸를 하지 않았지만 마음이 불편했다. 혹시 자신의 과거에 대해 뭘 알고 저러나 싶었다.

마을버스 정류장에 낯익은 차가 멈췄다. 늙다리의 카니발이다. 어두워서 정확히 보이지는 않았지만 이수가 긁은 흔적은 깨

곳이 사라졌다. 조수석 문이 열리더니 엄마가 내렸다. 늙다리는 예전처럼 문을 열어 주며 호들갑을 떨지 않았다. 이번에는 엄마가 요란스럽게 운전석을 향해 손을 흔들었다.

차가 떠나자마자 이수는 씩씩거리며 걸어가 엄마의 어깨를 후려쳤다. 엄마의 눈이 휘둥그레졌다.

"어머, 얘! 아프잖아! 너 이 시간에 어디에서 오니?"

"그러는 그쪽은 어디에서 오는데?"

"뭐? 그쪽? 얘, 그냥 말을 말자."

이수는 엄마의 팔뚝을 세게 움켜쥐었다.

"미쳤어? 그 난리를 쳐 놓고 저 새끼를 또 만나?"

"걱정 마. 이혼한대!"

"뭐?"

머릿속이 확 뜨거워졌다. 이수는 소리를 지르다시피 물었다.

"그럼 나는!"

"얘가 뭐라는 거야. 당연히 다 같이 살아야지. 그쪽 애들은 제 엄마가 키우겠지. 차 긁은 새끼가 네가 아니라 얼마나 다행이니? 전체 도색하는 데 이백 들었다더라."

"누가 저런 늙다리랑 같이 산대? 그리고 이혼하기 전까지는 만나면 안 되잖아! 그 아줌마들한테 또 머리채 잡히고 싶어?"

사람들이 이수와 엄마를 흘끔거리며 지나갔다. 엄마가 이수의 팔짱을 꼈다.

"얘가 창피하게 진짜. 집에 가서 얘기하자, 응? 너 저녁은 먹었니? 맛있는 거 사 줄까?"

이수는 엄마의 팔을 뿌리쳤다. 자신의 머리털을 모두 쥐어뜯어 버리고 싶을 정도로 화가 났다. 어쩌다가 이딴 집에서 태어났을까. 강민이나 엄마가 돌보는 그 번지르르한 애새끼처럼 왜 좋은 집에서 태어나지 못했을까. 엄마가 거지 같으면 아빠라도 멀쩡해야 하지 않은가. 부모 중 하나라도 정상이어야 하지 않은가.

이수는 몸을 돌리고 왔던 길을 다시 걸었다. 주머니에 든 핸드폰이 요란하게 진동했다. 엄마일 게 뻔했다. 진동은 그치지 않고 계속됐다. 이수는 전원을 끄려고 핸드폰을 거칠게 꺼냈다. 전화를 건 사람은 뜻밖에도 자영이었다. 이수는 통화 종료 버튼을 눌렀다. 전원을 끄려는데 또 진동이 울렸다. 이수는 핸드폰에 대고 버럭 소리쳤다.

"뭐야? 왜 전화질이야!"

"이수야……. 제발 끊지 마."

잔뜩 겁에 질린 목소리. 이수는 화를 꾹 참고 자영의 이야기를 들었다. 그리고 거칠게 말했다.

"거기가 어딘데."

***

시간을 건너는 집

"친구가 데리러 오기로 했어. 어떻게든 늦게 나가야 돼."

"알았어. 천천히 먹자."

진동벨이 울리자 유나가 음식을 받아 왔다. 자영이 늘 먹던 불고기 버거 세트와 유나가 좋아하는 새우 버거 세트다. 둘은 말없이 햄버거 포장지를 벗겼다. 자영은 도저히 먹을 수가 없어서 햄버거를 내려놓고 콜라를 들이켰다.

"어떤 친구가 데리러 오는 거야? 걔도 맞을지도 모르는데."

황당해서 말문이 막혔다. 그걸 알면서 나를 여기까지 불러냈느냐고 묻고 싶었다.

"남자야. 걔랑 있으면 안전해."

유나는 햄버거를 씹으며 고개를 끄덕였다. 유나도 입맛이 없어 보였다. 유나의 핸드폰에서 카톡음이 울렸다.

"어떡하지? 빨리 먹고 나오라는데."

"아직 안 돼. 조금만 더."

"알았어. 빨리 나가자고 하면 의심할 거라고 할게."

유나가 메시지를 입력하는 동안 자영도 이수에게 카톡을 보냈다. 마음이 급해서 시간의 집 단톡방에 메시지를 쓰고 말았다.

—이수야, 어디야? 언제쯤 와? 제발 조금만이라도 빨리 와 줘. 18:20

강민과 선미의 카톡이 연달아 도착했다.

−어딜 와? 자영이 무슨 일 있어? 18:20

−나랑 강민이 시간의 집에 있어. 자영아, 이리로 와. 18:21

이수의 카톡이 왔다.

−오 분 뒤 도착. 18:22

자영이 말했다.

"늦어도 십 분만 있으면 올 거야. 걔들한테 말해 줘. 십 분 있다 나가겠다고."

유나의 손가락이 바쁘게 움직였다.

"알았대."

유나와 자영은 먹다 남은 햄버거만 뚫어지게 쳐다봤다. 어떤 이야기라도 나누지 않으면 미쳐 버릴 것 같았다.

"네가 어떻게 알아?"

유나가 어리둥절한 얼굴을 했다.

"아까 그랬잖아. 내가 네 입장이어도 그랬을 거라고. 만약 네가 왕따를 당했다면 나는 안 그랬을 거야. 좋은이랑 세은이가 무서워도 네 옆에 있어 주려고 끝까지 용기를 냈을 거야."

"그래서 지금 날 욕하는 거야? 나도 처음에는 노력했어. 당연히 걔들이 잘못한 거니까. 게다가 우리 넷은 절친이었으니까.

근데 못 하겠더라. 계속 네 편을 들었다가는 나도 왕따가 되겠더라고. 내가 잘했다고 말하는 거 아냐. 하지만 우리 반 어떤 애라도 그 상황에 놓였다면 다 널 모른 체했을 거야. 이제 와서 나를 원망하다니 진짜 황당하다. 널 괴롭히기 시작한 건 내가 아니라 좋은이랑 세은이잖아."

"그래. 나도 알아. 하지만 너까지 나를 외면했을 때는…… 걔들한테 괴롭힘을 당했을 때보다 훨씬 마음이 아팠어."

자영의 메마른 뺨에 눈물이 흘렀다.

"넌 걔들이 먼저 시작한 일이라고 변명하겠지. 하지만 어떤 일이 얼마만큼의 상처가 되는지는 아무도 몰라."

자영의 핸드폰이 울렸다.

—도착. 나와. 18:26

자영은 뻣뻣한 냅킨으로 눈가를 문질렀다.

"가자."

"친구 왔대?"

자영이 고개를 끄덕이자마자 유나는 잽싸게 쟁반을 들었다.

"야, 최유나."

유나가 긴장한 얼굴로 자영을 바라봤다.

"다시는 나한테 연락하지 마."

이수는 자영과 처음 보는 여자아이가 햄버거 가게에서 나오는 모습을 지켜봤다. 여자아이는 금세 다른 곳으로 뛰어갔다. 자영은 이수를 찾는 듯 정신없이 주변을 둘러봤다. 이수에게 전화를 걸어도 헛일이다. 이수는 햄버거 가게를 찾은 순간 핸드폰의 전원을 꺼 버렸다.

여자아이 네 명이 자영에게 걸어왔다. 자영을 빙 둘러싸더니 곧 다 함께 걷기 시작했다. 근처 어린이집 앞에 서 있던 이수는 아이들을 따라 걸음을 옮겼다. 자영은 어울리지도 않는 야구 모자를 쓴 채 고개를 숙이고 있었다. 두 여자아이가 양옆에서 자영의 팔짱을 꼈다. 사정을 모르는 사람은 그저 친한 여중생 무리라고 생각할 것이다.

아이들은 어둑어둑한 굴다리를 지나고 나서도 한참을 걸었다. 이수는 처음 보는 아파트 단지를 지나고 크고 작은 횡단보도를 두 번 건넜다. 다리도 아프고 짜증이 나서 아이들을 불러 세울까 생각한 순간, 번화한 거리가 나타났다. 넓은 횡단보도를 사이에 두고 커다란 상가들이 서 있었다. 햄버거 가게가 있던 곳보다 훨씬 번화했지만 건물들은 죄다 낡아 있었다. 건물 벽에는 빈틈을 찾아보기 힘들 정도로 간판들이 빽빽이 붙어 있었다.

아이들은 곧 어느 상가로 들어갔다. 이수는 늙다리의 차를 닦을 때 썼던 검은 야구 모자를 더욱 깊숙이 눌러썼다.

시간을 건너는 집

강민이 어깨를 으쓱했다.

"둘 다 뭐 하는 거야? 이수 핸드폰은 꺼져 있고, 자영이는 아무리 걸어도 안 받아."

"나도 카톡 남겼어. 걱정되니까 무슨 일인지 연락 달라고."

선미는 메신저를 종료한 후, 핸드폰으로 찾은 기사를 강민에게 보여 주었다.

"네가 예전에 말했던 실종 여고생 기억나? 집에 돌아왔대. 납치가 아니라 가출이었나 봐."

강민이 환하게 웃었다.

"응. 나도 봤어. 무사히 돌아와서 진짜 다행이지. 가족들이 얼마나 걱정했을까."

강민의 핸드폰에서 카톡음이 울렸다.

"자영이야?"

"아니. 다른 친구."

강민의 표정이 심각해졌다.

"이수랑 자영이 말이야. 걔들 혹시 사귀나? 우리한테 비밀로 하고 밖에서 데이트하는 거 아냐?"

선미는 레몬차를 강민의 얼굴에 뿜을 뻔했다.

"아니면 이 내용이 뭐겠어? 이수야, 제발 조금만 빨리 와 줘.

우아, 자영이가 이수한테 매달리다니. 어디에 반한 거지? 나쁜
남자 같은 매력인가."

"그만해. 우리한테 비밀로 하면서 단톡방에 글을 올린다고?
그리고 사귀면 뭐 해? 어차피 다음 달이면 쫑나는데. 완전 시한
부 연애잖아."

'시한부'라는 말에 강민은 선미의 엄마가 떠올라 웃을 수가 없
었다.

"어머님은 좀 어떠셔?"

"똑같아. 더 나빠지지 않기만을 바라야지. 아저씨가 답장에
썼더라. 아저씨 아버지도 비슷한 병으로 돌아가셨대. 나중에 후
회하지 않도록 자주 찾아뵙고, 의식이 있든 없든 사랑한다고 자
주 말해 주라더라."

"그렇게 하고 있어?"

"노력 중."

선미는 삼 분의 일쯤 남은 레몬차에 뜨거운 물을 부었다.

"너도 솔직히 말해 주면 안 돼? 아저씨랑 주고받은 편지 내용.
애들한테는 절대로 말 안 할게."

"의심만 많은 줄 알았더니 호기심도 많네."

"그건 내가 할 말 아냐? 여기 처음 왔을 때, 너야말로 우리한
테 이것저것 캐물었잖아. 그러면서 편지 내용은 왜 그렇게 감추
는데?"

"별 내용 아니니까. 아저씨가 편지를 보내라고 했는데 너희들은 아무 관심도 없어 보여서 내가 대표로 쓴 거야. 편지에는 우리가 어떻게 지내는지 간단히 적었고. 처음에는 서로 어색했지만 지금은 아니라고. 금세 정이 들었는데 올해가 지나면 모든 기억이 사라지잖아. 너무 잔인한 일 같아서 함께 지냈던 기억을 남겨 줄 수 없느냐고 물었을 뿐이야."

거짓말. 그런 내용이 아니었잖아.

"아저씨는 뭐래?"

"거절당했어. 섭섭한 마음은 알겠지만 어쩔 수 없대. 너희가 실망할까 봐 말 안 했어. 뭐, 헤어지는 게 나만 섭섭할 수도 있지만."

선미는 밍밍해진 레몬차를 홀짝였다.

"나도 섭섭해. 다들 그럴 거야. 제일 걱정되는 사람은 자영이야. 자영이는 분명히 미래의 문을 선택할 것 같은데, 그게 맞는 일인지 잘 모르겠어. 기회가 되면 자영이랑 얘기를 한번 해 볼까 봐."

"처음 봤을 때는 엄청 쌀쌀맞아 보였는데 이 집에 있으면서 많이 착해졌다니까."

"혹시 내 얘기 하는 거야?"

강민이 웃었다.

"그래. 내가 보기에 몇 달 동안 제일 많이 변한 사람은 이수가 아니라 너야."

"이수 얘기가 나와서 말인데, 이수는 어떤 문으로 들어가고 싶을까? 넌 우리한테 미안할 정도로 지금이 행복하댔으니까 당연히 현재의 문을 고르겠지만 이수는⋯⋯."

말을 내뱉고 나서야 실수를 했다는 걸 알아차렸다. 불편한 정적이 두 사람을 에워쌌다. 강민의 얼굴에서 웃음기가 서서히 사라졌다.

"내가 언제 그런 말을 했어? 너희한테 미안할 정도로 지금이 행복하다고?"

"지난번에 그랬잖아. 기억 안 나?"

선미의 목소리가 떨렸다. 자기도 모르게 강민의 편지에 쓰여 있던 말을 해 버렸다. 적당한 변명을 찾아 머릿속이 바쁘게 돌아갔다.

"너, 내 편지 읽었지? 그래서 답장의 내용을 그렇게 궁금해하는 거지?"

강민의 싸늘한 얼굴에 선미는 움찔했다. 낯선 모습에 겁이 나기도 했지만 궁금한 마음도 컸다.

"미안해. 우체통에 놓인 네 편지를 보고 도저히 참을 수가 없었어. 넌 아무 고민도 없어 보였는데 아저씨한테 무슨 말을 썼는지 너무 궁금해서⋯⋯. 편지 훔쳐본 건 진심으로 사과할게."

강민의 숨소리가 거칠었다. 간신히 화를 참고 있는 것처럼 보였다.

"다른 애들도 알아?"

"아냐. 절대로 말 안 했어."

"아저씨 답장도 봤어?"

"봤다면 내용을 물어보겠어? 도대체 뭐야? 여기가 왜 익숙하고, 자영이 얘기를 들을 때마다 왜 머리가 아픈 건데?"

순간 현관문이 거칠게 열리는 소리와 함께 다급한 발소리가 들렸다. 강민의 눈이 휘둥그레지는 바람에 선미도 뒤를 돌아봤다. 이수의 하얀 교복 셔츠에 피가 묻어 있었다. 선미는 자기도 모르게 비명을 질렀다. 강민이 급하게 일어나는 바람에 식탁 의자가 뒤로 나동그라졌다. 강민이 외쳤다.

"무슨 일이야! 다쳤어?"

선미가 말했다.

"너희들 어떻게 된 거야! 누가 말 좀 해 봐!"

이수는 비틀거리며 거실로 걸어가더니 소파에 주저앉았다. 선미가 자영의 팔을 잡고 흔들었다.

"박자영! 무슨 일이냐고!"

자영의 입에서 울음이 터졌다.

"이수가 좋은이를 죽였어요."

5

"좋은이가 누군데? 이수가 걔를 어떻게 죽여!"

"절 괴롭히던 애요. 제일 대장 같은 애."

강민이 자영의 어깨를 잡고 이수 옆에 앉혔다.

"어떻게 된 건지 처음부터 설명해 봐."

"작년에 친했던…… 유나라는 애한테 카톡이 왔어요. 날 만나서 사과하고 싶다고 햄버거 가게로 나오랬어요. 그런데 만나보니 거짓말이었어요. 나를 밖으로 불러내려고 좋은이랑 세은이가 시킨 거예요. 엄마 아빠는 할머니 댁에 내려가서 이틀 뒤에나 와요. 오빠랑 언니는 멀리 사니까 와 줄 수가 없고…… 이수밖에 생각이 안 났어요. 이수가 도착했다는 카톡을 받고 밖에 나왔는데 이수가 없었어요. 곧 좋은이랑 세은이 말고도 두 명이 더 나타났어요. 걔들이 저를 자주 가던 상가 옥상으로 데려갔어요. 걸어가는 길에 소리를 지르거나 하면 더 맞을 줄 알라고 해서 꼼짝도 없이 따라갔어요. 옥상에 도착한 후, 아이들은 저를 둘러싸고 노려봤어요. 앞으로 벌어질 일이 두려워서 울음밖에 안 나왔어요. 애들은 날 내려다보며 담배를 피우더니 윗옷을 벗으라고 했어요. 창피했지만 시키는 대로 했어요. 세은이가 뒤로 오더니 담배를 내 등에 비벼 껐어요. 아파서 소리를 질렀더니 좋은이가 뺨을 때렸어요. 그리고 다른 아이들이 등을 발로 마구 짓밟았어요. 세은이가 깔깔 웃으며 고개를 들라고 했어요. 핸드폰에서 불빛이 흘러 나왔어요. 내가 맞는 모습을 동영상으로 찍고 있었던 거예요."

그 순간을 떠올리자 손이 덜덜 떨렸다. 자영은 마음을 다잡고 간신히 이야기를 다시 시작했다. 세은의 핸드폰을 보자마자 자영은 바닥에 주저앉은 채 팔로 몸을 가렸다. 그때 자신이 신은 하얀 운동화가 보였다. 자영은 허벅지 밑으로 황급히 발을 숨겼다. 앞으로 어떤 일을 당한다 해도 이 운동화만은 지켜야 했다. 아이들은 그런 자영의 행동을 보고 저 운동화가 자영에게 소중한 물건이라는 사실을 알아차린 듯했다. 좋은이 순식간에 자영의 운동화를 벗겼고, 세은은 들고 있던 라이터를 좋은에게 던졌다. 자영은 그제야 아이들이 무슨 생각을 하는지 깨달았다. 좋은은 자영이 말릴 틈도 없이 철로 된 작은 양동이에 운동화를 던졌다. 그때 이수의 목소리가 들렸다.

"야, 그 운동화 내놔."

계속 동영상을 찍던 세은이 휘파람을 불었다.

"오, 남친 등장!"

이수는 턱을 빳빳이 치켜든 채 좋은 앞에 섰다. 좋은은 갑자기 나타난 이수를 보고 당황한 듯 보였다. 그 틈에 자영은 양동이에서 얼른 운동화를 꺼내 신었다. 그리고 바닥에 떨어진 웃옷을 찾아 입었다.

"쟤 한 번만 더 건드리면 죽여 버린다."

이수는 세은의 핸드폰을 빼앗아 바닥에 던진 뒤 발로 사정없이 짓밟았다. 세은의 날카로운 비명이 옥상을 울렸다. 이수가 다시 종은을 노려봤다.

"대답 안 해?"

종은이 이수의 얼굴 앞에 두 손을 모았다.

"미안해. 우리가 정말 잘못했어. 다시는 안 그럴게."

자영은 가까스로 울음을 참았다. 이제 됐다. 이걸로 끝이다. 몸의 상처는 나을 테고, 더러워진 운동화는 빨면 된다. 나를 도와주러 온 친구가 있으니 이걸로 충분하다.

이수가 자영을 일으켜 세웠다. 순간 종은의 표정이 싹 바뀌더니 웃음을 터뜨렸다.

"놀고 있네, 진짜. 야! 미안하다는 거 뻥이었거든? 둘 다 순진해 빠져서. 누가 야따 남친 아니랄까 봐."

이수의 눈빛이 바뀌었다. 시간의 집에서 처음 만난 날, 자영의 가슴을 철렁하게 한 그 싸늘한 눈빛이었다. 이수가 종은에게 다가갔다.

"뻥? 씨발, 너 말귀 겁나 못 알아듣는구나?"

종은의 허리가 갑자기 구부러지더니 두 다리가 힘없이 꺾였다. 아이들은 그 광경을 보자마자 소리를 지르며 옥상 문을 향해 뛰어갔다. 자영은 너무나 놀라서 비명조차 지를 수 없었다.

시간을 건너는 집

그저 이수의 오른손에 있는 주머니칼만 하염없이 쳐다봤다. 이수가 갑자기 어깨를 들썩이더니 바닥에 토하기 시작했다. 그제야 자영은 정신이 들었다. 빨리 이 자리를 벗어나고 싶다는 생각밖에 들지 않았다. 자영은 이수의 손을 잡고 억지로 옥상 밖으로 이끌어 엘리베이터를 타고 내려왔다. 그리고 부천에 있는 시간의 집 대문을 열고 이곳으로 왔다.

이야기를 들은 선미가 다급하게 물었다.

"좋은이라는 애는 두고 왔어? 너희들 제정신이니? 구급차를 불렀어야지!"

강민이 중얼거렸다.

"그 애 친구들이 전화했겠지."

"안 했으면? 지금이라도 119에 신고하자. 그 상가 옥상에 다친 애가 있다고."

선미가 핸드폰을 꺼내자 자영이 벌떡 일어섰다.

"안 돼요! 그랬다가 이수가 잡혀가면요!"

"신고 안 하면 안 잡힐 거 같니? 그 애들이 이수가 찌르는 걸 다 봤잖아! 좋은이가 죽으면 이수는 더 큰 벌을 받아. 살인자가 되는 거라고!"

"이 집에 숨어 있으면 돼요. 제가 아저씨한테 편지 쓸게요. 다 나 때문이라고 할게요. 제가 이수를 불러내서 이렇게 된 거잖아요. 어차피 이 집은 우리를 도와주려고 있는 거잖아요. 한 달만 여기 숨어 있다가 미래나 과거에서 새롭게 시작하면 돼요."

선미가 어이없다는 듯이 자영을 바라봤다.

"죽음은 되돌릴 수 없다고 했잖아. 너도 좋은이가 죽었으면 좋겠니? 그걸 바라는 거야?"

"아니에요. 하지만……."

"그럼 저리 비켜."

선미는 핸드폰을 들었다.

"그 상가, 이름이 뭐야? 어디에 있는 무슨 상가야?"

강민이 머리를 감싸 쥐었다.

"네 핸드폰으로 하면 안 돼. 번호가 뜨잖아."

"나가서 할 거야. 공중전화 있는 데 알아."

이수가 중얼거렸다.

"부천 상동. 세원 상가."

선미는 핸드폰을 들고 현관 쪽으로 달려갔다. 강민은 젖은 수건을 가져와 무릎을 꿇은 채 이수의 얼룩덜룩한 손을 닦아 주었다.

"좋은이를 찌른 칼은 어디에서 났어? 중요한 문제니까 대답해."

"예전에 샀어. 만날 바지 주머니에 들어 있던 거야."

"처음부터 그럴 마음은 없었던 거지?"

이수는 무슨 말인지 모르겠다는 듯 강민을 바라봤다.

"처음부터 좋은이를 찌를 생각은 없었던 거야. 그렇지?"

이수와 자영의 눈길이 마주쳤다. 자영은 이수 대신 얼른 고개를 끄덕였다.

"목격자가 너무 많아. 이수가 그랬다는 게 금세 탄로 날 거야."

자영이 말했다.

"경찰이 물어보면 전 모른다고 할게요. 갑자기 나타나서 날 도와줬다고. 처음 보는 애라고 할게요."

"엘리베이터를 타고 같이 1층으로 내려왔다며! 처음 보는 남자애가 갑자기 나타나서 좋은이를 찔렀어. 그런 애 손을 잡아끌고 같이 엘리베이터를 타고 도망친다고? 말이 안 되잖아! 게다가 이수는 그 애들 앞에서 너를 잘 아는 사람처럼 굴었어. 경찰이 네 말을 믿을 것 같아?"

강민은 맞은편 소파에 주저앉았다. 수건에서 나온 물기가 강민의 청바지를 적셨다. 자영이 울먹이며 말했다.

"오빠……. 제발 도와주세요. 이수가 여기 숨어 있게 해 주세요. 저도 아저씨한테 편지 쓸 테니까 오빠랑 언니도 도와주세요. 네?"

강민이 얼굴을 찡그렸다.

"난 당연히 너희를 도울 거야. 너희를 위해선 무슨 일이든 할 수 있어. 하지만 아저씨가 허락해 줄지 모르겠어."

선미가 들어왔다. 집까지 뛰어왔는지 숨을 몰아쉬고 있었다.

"신고했어. 구급차를 보내겠대. 이수야, 내 생각에는 자수하는 편이 좋을 것 같아."

"안 돼요! 그럼 이수는 2층 문을 못 열잖아요. 감옥에 가야 하잖아요!"

이수가 자리에서 일어났다. 그리고 이 집에 처음 왔을 때처럼 사나운 눈빛으로 멤버들을 노려봤다.

"씨발, 시끄러워서 못 들어 주겠네. 귀 아프니까 그만 좀 떠들어. 내 문제는 내가 알아서 해. 누구든지 이래라저래라 하면 가만 안 둬. 내 말 알아들어?"

이수가 자영을 내려다봤다.

"야, 찐따. 내가 왕자님처럼 널 구해 줬다고 생각하나 본데 착각하지 마. 널 위해서 그런 게 아니거든?"

자영의 눈이 겁에 질렸다.

"그럼…… 왜 그랬는데?"

"사람을 찌르면 어떤 기분이 드는지 예전부터 시험해 보고 싶었어. 그게 다야. 알아들어?"

6

이수는 어두운 방에 누워 아까 벌어졌던 일들을 하나씩 차분히 떠올리려 애썼다. 옥상에 있던 여자애들은 자신이 누구인지 아직 모른다. 이름도 말하지 않았고, 옥상은 어두웠던 데다 모

시간을 건너는 집

자를 써서 얼굴도 정확히 기억하지 못할 것이다. 자영만 입을 다물어 준다면 신원이 밝혀질 때까지 시간이 있다.

도망쳐야 할까, 태연히 학교에 가야 할까.

갑자기 학교에 가지 않으면 수상해 보일지도 모른다. 하지만 경찰은 바보가 아니다. 선미 말대로 결국 이수가 범인임을 밝혀낼 것이다. 게다가 지금까지 종은의 남자 친구에게 자영에 대해 몇 번이나 물었다. 그 아이가 이수를 수상하게 여기고 신고할지도 모른다.

이수는 옷장에서 커다란 배낭을 꺼냈다. 속옷과 맨투맨 두 벌, 청바지 한 벌을 쑤셔 넣었다. 시간의 집에 숨어 있을 생각은 조금도 없었다. 머무르는 시간에 대한 규칙은 없다 해도 이번 일은 경우가 다르다. 멤버들은 시간의 집 아저씨가 생각보다 친절하다고 입을 모았지만, 자신이 돌보는 집에 사람을 죽인 아이를 숨겨 주고 싶지는 않을 것이다. 편지 따위를 보내 제발 그 집에 있게 해 달라고 구걸할 생각도 없다.

12월 말까지만 경찰에 붙잡히지 않으면 된다. 경찰을 피해 다니며 일주일에 세 번씩 그 집에도 들러야 한다. 과거든 미래든 지금까지는 딱히 원하는 곳도 없으면서 그 집을 찾았지만 이제는 상황이 바뀌었다. 그 집의 도움이 절실하다. 12월 31일 오후 다섯 시에 과거의 문으로 들어간다면 다시 새롭게 시작할 수 있다.

그 아이는 결국 또 죽겠지만.

이수는 살며시 안방으로 들어갔다. 엄마는 마스크팩을 붙인 채 요란하게 코를 골았다. 늦다리 때문에 엄마와 싸운 일이 까마득히 멀게 느껴졌다. 이수는 화장대 위에 있는 엄마의 지갑을 들고 다시 방으로 돌아왔다. 현금을 모두 빼서 자기 지갑에 넣고, 엄마의 신용카드 한 장을 뺐다. 신용카드를 쓰고 다니면 위치가 드러날 테니 빨리 현금 서비스만 받고 카드는 버릴 생각이었다.

이수는 검은색 야구 모자를 눌러쓴 뒤, 옷장에서 가장 두꺼운 점퍼를 꺼냈다. 낮에는 덥겠지만 지금부터 밤거리를 돌아다녀야 할 일이 많을 것이다. 핸드폰을 보니 시간의 집 단톡방에 메시지가 잔뜩 와 있었다. 멤버들의 전화번호를 노란 메모지에 옮겨 적은 뒤 핸드폰 배터리를 분리했다. 돌아다니다 적당한 곳에 버릴 생각이었다.

이수는 마지막으로 자신의 방을 둘러봤다.

퀴퀴한 냄새를 풍기는, 옷장과 책상 하나로도 꽉 찰 만큼 비좁은 방.

이 방을 또 볼 수 있을까.

엄마의 코 고는 소리가 현관까지 들렸다. 이수는 식탁에 엄마의 지갑을 올려놓고 추운 밤거리를 향해 하얀 운동화를 신은 발을 내디뎠다.

시간을 건너는 집

7

"그래서 그 남자애가 누군지는 모른다는 거니?"

자영은 얼른 고개를 끄덕였다.

"아이들한테 맞고 있는데 난생처음 보는 남자애가 나타나서 종은이를 찌르고 도망갔다?"

"네."

자영의 목소리가 떨렸다. 집에 찾아온 형사를 만나는 건 담임 선생님을 만날 때와는 비교도 안 될 정도로 긴장됐다.

"그 남자애랑 자영이가 한패거리라도 되는 것처럼 말씀하시네요. 다시 말씀드리지만 자영이는 그런 애 몰라요."

엄마는 바운서에 있던 아기를 데려와 무릎에 앉혔다.

"전 솔직히 그 애한테 고맙네요. 그 애가 안 나타났다면 자영이가 어떻게 됐겠어요? 그 못된 애들한테 얘가 얼마나 맞았는지 보셨죠?"

자영은 형사의 시선을 받기도 전에 고개를 숙였다.

"몸은 좀 어떠니?"

"괜찮아요."

"여기 오기 전에 최유나를 만났어. 네 친구지?"

형사의 물음에 가슴이 세게 뛰기 시작했다. 자영은 간신히 고개를 끄덕였다.

11월   183

"유나가 그러던데. 밖에서 종은이와 친구들이 기다리고 있다고 귀띔해 줬더니 네가 남자애를 불렀다고. 그 친구가 누구지?"

"아무도 안 불렀어요."

"그럼 그런 말은 왜 했지?"

"그냥…… 시간을 끌려고요. 밖에 나가기 너무 무서워서. 부를 사람도 없었고……."

형사는 자영을 빤히 쳐다보다가 가져온 봉투에서 사진 한 장을 꺼냈다.

"그날 엘리베이터 시시티브이에 찍힌 사진이야. 여기 찍힌 아이, 네가 맞지?"

야구 모자를 쓴 이수와 자영이 엘리베이터 구석에 바짝 붙어 있었다.

"상식적으로 이해가 안 돼서. 처음 보는 남자아이가 나타나서 갑자기 칼로 종은이를 찔렀어. 그러면 너도 놀라고 무서워하는 게 당연한 반응일 텐데 넌 이 남자애와 같이 옥상을 빠져나왔어. 게다가 엘리베이터 안에서는 단짝처럼 꼭 붙어 있고."

쌍꺼풀 없이 가느다란 눈이 자영의 표정을 살폈다.

"그 상가를 나온 뒤에는 어디로 갔니?"

"저는 집으로. 걔는…… 나오자마자 딴 데로 뛰어갔어요."

"이 남자애가 누군지 말한다 해도 네가 피해를 보는 일은 없어. 그 애를 감싸 주고 싶은 모양인데 벌써 용의자가 나왔어. 범

인을 찾는 건 시간문제야."

"그게…… 누군데요?"

엄마가 끼어들었다.

"좋은이 패거리랑 어울리던 애들 중 하나 아니겠어요? 똑같이 질 나쁜 애겠죠. 좋은이한테 앙심을 품고 따라다니다가 이때다 싶어 공격한 거 아니에요?"

형사가 헛웃음을 지었다.

"목격자가 그렇게 많은 데서요? 좋은이를 해치고 싶었다면 당연히 혼자 있을 때를 노렸겠죠."

"중학생이 그렇게 치밀하겠어요? 사람도 안 다니는 상가 옥상이니 잘됐다 싶었겠죠."

형사는 봉투에서 또 다른 사진 두 장을 꺼내 탁자에 내려놓았다. 자영은 긴장한 것을 들키지 않으려고 애꿎은 입술만 깨물었다. 사진 중 하나는 이수의 것이었다.

"이 중에서 좋은이를 찌른 애가 있니?"

"아니요."

"오래 걸려도 좋으니까 천천히 생각해 봐."

이수의 얼굴에 시선이 저절로 멈췄다. 교복을 입고 찍은 증명사진. 지금과 달리 머리를 바짝 깎았지만 매서운 눈빛은 똑같다. 자영은 이수의 얼굴에서 억지로 시선을 돌려 다른 아이의 사진을 바라봤다. 이 아이를 지목하면 어떻게 될까. 여느 중학생이라면 학원에 있었을 시간이다. 누군가와 함께 있었다면, 지목한다고 해서 범인으로 몰릴 일은 없지 않을까.

"어머님은 어떠세요? 낯익은 아이가 있나요?"

"다 처음 보는 애들이에요."

자영은 사진 하나를 가리켰다.

"얘였던 것 같아요."

"그래? 확실하니?"

"어둡고 몸이 너무 아파서 확실하지는 않지만 그냥…… 느낌이……."

형사는 대수롭지 않다는 듯이 말했다.

"그렇구나. 좋은이 친구들은 다 이 친구를 지목하던데."

형사의 손가락이 이수의 이마를 꾹꾹 눌렀다. 자영은 간신히 물었다.

"얘라는 증거가 있나요?"

"사건 당일에 가출해서 아직까지도 소식이 없어. 좋은이의 남자 친구한테 너와 좋은이에 대해서 몇 번이나 물은 적도 있고. 우선 잡아서 심문해야겠지."

엄마가 다른 사진을 가리켰다.

"그럼 얘는요?"

"좋은이와 같이 어울리던 애들 중 하나예요. 좋은이랑 사이가 안 좋았다고 하더군요. 이 아이는 알리바이가 있어요. 사건이 벌어졌을 시간에 독서실에 있었습니다."

엄마가 이수의 사진을 향해 턱짓을 보냈다. 그러고는 자영이 묻고 싶었던 말을 대신 해 주었다.

"가출했다면서 잡을 수 있어요?"

"잡아야죠."

형사는 현관을 나서기 전, 자영의 엄마에게 명함을 건넸다. 그러고는 자영을 향해 애써 다정하게 말했다.

"초범에다 소년범이라 형량이 높지 않을 거야. 자수하면 훨씬 낮아지겠지. 혹시 그 애한테 연락이 오면 바로 나한테 말해야 해. 감싸 주고 싶은 마음은 이해하지만 지금처럼 거짓말을 하는 것도 죄가 될 수 있어."

엄마가 짜증스럽게 말했다.

"지금 무슨 말씀이세요? 분명히 모르는 애라고 했잖아요. 피해자한테 이래도 돼요?"

형사가 집을 나가자마자 엄마가 자영을 막아섰다.

"너. 돌아다닐 생각하지 말고 집에만 있어. 어디 무서워서 살겠니?"

"응."

자영은 자기 방 쪽으로 힘없이 걸었다. 뒤에서 엄마 목소리가 들렸다.

"얘, 박자영."

"응?"

자영과 엄마의 시선이 마주쳤다. 엄마가 말했다.

"넌 그런 애 절대로 모르는 거야. 알았어?"

시간을 건너는 집

시 간 을 건 너 는 집

12월

1

강민, 선미, 자영에게,

안부 인사는 생략하겠다.

이 일을 하면서 언제나 우려했던 일이 또 벌어지고 말았구나. 시간을 선택할 수 있는 기회를 받았으니 무슨 짓을 저질러도 괜찮다고 생각한 아이가 지금까지 이수 군만 있었던 것은 아니다. 자영 양이 겪은 일은 안타깝지만 이수 군은 부정할 수 없는 죄를 지었다. 너희 모두 이수 군의 편을 들고 있지만, 친구를 괴롭힌 아이는 칼에 찔려도 된다는 법은 어디에도 없다. 이수 군은 까짓것, 과거나 미래에서 다시 시작하면 그만이라고 생각했겠지. 과연 시간을 선택할 수 있는 기회가 없었더라도, 이수 군이 그 아이를 해치

시간을 건너는 집

고 도망쳤을까?

너희는 이수 군에게 기회를 달라고 했다. 일주일에 세 번 이상 시간의 집에 나오지 않아도 되게 해 달라고. 그 부탁은 절대로 들어줄 수 없다. 사람을 해치고 도망친 아이의 사정은 봐줄 수 없어. 그리고 너희의 걱정과 달리 이수 군은 규칙을 잘 지키고 있다. 사건이 벌어진 뒤로도 그 집에 쭉 나왔다는 뜻이지. 당연히 너희가 없는 시간에 다녀갔을 거다.

이만 줄이마. 다른 멤버를 돕고 싶은 갸륵한 마음만 기꺼이 받겠다.

12월 6일
시간의 집사

지금까지 받았던 답장과는 확연히 다른 싸늘한 말투. 장난기라고는 어디에도 보이지 않는다. 선미가 편지를 식탁에 던졌다.

"와, 진짜 어이가 없네? 계속 여기 왔었다고? 우리가 걱정할 줄 뻔히 알면서 메모 하나 못 남겨?"

강민이 말했다.

"이수한테 편지를 써서 식탁에 둬야겠어. 그럼 읽겠지?"

"뭐라고 쓰게?"

"어디에서 어떻게 지내는지 물어봐야지. 일이 어떻게 돌아가는지도 알려 주고."

"하, 그러서? 마음대로 해. 난 빠질래."

자영이 말했다.

"그래도 꼬박꼬박 나왔다니 다행이에요. 이 집에는 먹을 것도 있고, 잠시 눈을 붙일 수도 있으니까. 이렇게 이번 달까지만 버티면……."

"야, 박자영! 아저씨 말 못 들었니? 이수는 범죄자야. 동기가 어떻든 좋은이를 찌른 건 사실이잖아. 이수 말고도 이런 짓을 한 애들이 꽤 있었나 봐. 기회를 받았으면 고마운 줄 알아야지."

"그만해. 우리 셋이라도 마지막까지 잘 지내야지."

"웃기지 마. 우리가 절친이라도 돼? 어차피 다들 바라는 게 있어서 이 집에 오는 거잖아."

"우리 지금까지 잘 지냈잖아. 이 집에 오는 이유가 뭐든, 난 우리가 함께 보낸 시간이 즐거웠어. 절친이 뭔데? 같이 맛있는 거 먹고, 어떤 하루를 보냈는지 이야기하고, 속상한 일 있으면 들어 주고. 그게 절친 아냐?"

선미는 책가방을 어깨에 걸쳤다.

"글쎄. 비밀이 많으신 분이 할 말은 아닌 것 같은데?"

강민은 자기도 모르게 선미의 시선을 피했다.

"네가 괜찮은 애라고 생각했는데 이제는 모르겠어. 도대체 무슨 꿍꿍이를 가지고 이 집에 오는 거야? 절친이라는 말, 다시는 입에 올리지 마.”

“야, 김선미. 먼저 잘못한 건 너야. 잊었어?”

선미는 강민을 노려보다 거실을 나갔다. 자영이 조심스레 입을 열었다.

“죄송해요, 오빠. 다 저 때문이에요. 제가 그날 이수를 부르지만 않았어도 이런 일은 없었을 텐데……. 이수한테 미안해 죽겠어요. 언니랑 오빠한테도…….”

“좋은이를 해치라고 이수를 부른 건 아니잖아. 선미 말은 신경 쓰지 마. 이수한테 섭섭해서 그래. 선미가 이수 걱정 많이 했거든. 자기가 자수하라고 몰아붙여서 도망친 것 같다고. 아저씨한테 다 같이 편지 쓰자고 한 사람도 선미였잖아.”

자영은 아까부터 선미의 말을 곱씹고 있었다. 비밀이 많으신 분이라니. 도대체 무슨 뜻일까.

“엄마가 이제 학교 가라는 말은 안 해?”

“네. 엄마도 이번 일 때문에 엄청 놀라서 그 애들 고소한다고 알아보고 있어요. 괜찮다고 했는데도 들은 척도 안 해요. 학교는 겨울 방학이 지나면 가기로 했어요. 근데…….”

강민이 따뜻하게 웃었다.

“응. 말해.”

“선미 언니 말…… 무슨 뜻이에요? 비밀 어쩌고 한 거.”

강민은 입을 다물었다. 모두가 무사히 이번 달을 버텨야 한다. 이수는 경찰에 붙잡히지 않아야 하고, 선미의 어머니는 삶의 끈을 놓아서는 안 된다. 강민이 할 일은 끝까지 비밀을 지키는 것이다. 특히나 자영에게는 도저히 할 수 없는 이야기다.

"아, 그게……. 이수를 처음 만났을 때부터 내가 엄청 살갑게 굴었잖아. 근데 속으로는 이수에 대한 감정이 별로 안 좋았어. 첫인상도 그렇고, 그래도 내가 형인데 말도 버릇없이 하고. 그래서 선미한테 이수 험담을 몇 번 했거든. 이수는 아무것도 모르지만. 그 얘기를 한 거야."

자영은 마음이 놓였다. 비밀이라고 할 것도 없는 이야기다. 강민이 그런 감정을 느낀 것도 당연하다. 선미도 마찬가지였을 텐데, 왜 별것도 아닌 일로 그렇게 화를 냈을까.

"지금은 아니죠? 이수가 오빠 많이 좋아해요. 표현은 안 하지만 그런 것 같아요."

강민은 활짝 웃었다.

"당연히 아니지."

2

포털 사이트의 검색창에 '인천 중학생'이라는 단어를 입력하자 '인천 중학생, 친구를 찌르고 도주'라는 기사 두 개가 떴다.

시간을 건너는 집

친구라니. 볼 때마다 억울한 제목이다. '인천 중학생, 왕따 가해자를 찌르고 도주' 정도는 되어야 사실과 맞지 않는가.

집을 나온 지 어느덧 2주가 지났다. 일주일에 세 번은 시간의 집에 가야 했기 때문에 평일에는 인천을 멀리 벗어날 수가 없었다. 이수는 멤버들을 피해 이른 새벽이나 늦은 밤에 시간의 집에 들렀다. 그곳에서 주린 배를 채우고, 몸을 씻고, 눈을 붙였다. 그 집에 있을 때야 비로소 긴장이 풀렸지만 눈을 감으면 배를 잡고 비틀거리던 종은의 모습이 여지없이 떠올랐다. 간신히 잠이 들었다가도 이수는 종은이 등장하는 악몽에 시달리다 땀에 흠뻑 젖은 채 깨어났고, 그럴 때마다 섬뜩한 세 글자가 떠올랐다.

살인자.

할머니는 예전에 비해 훨씬 푸짐한 음식을 준비해 놓았다. 이수가 오는 날을 알고 있기라도 한 듯, 냉장고를 열면 아무도 손대지 않은 갈비찜이나 삼계탕처럼 지금 처지에는 어울리지 않는 음식들이 보였다. 멤버들 생각이 자주 났지만 만날 용기는 나지 않았다. 강민은 호들갑을 떨며 질문 폭탄을 던질 테고, 자영은 다 자기 때문이라며 징징거릴 것이다. 선미는 자수하라는 잔소리를 이어갈지도 모른다. 아니, 그 깐깐한 성격이라면 자기가 직접 신고를 할 수도 있다.

시간의 집에서 나오면 갈 곳이 마땅치 않았다. 이수는 한적한 곳보다 오히려 사람들로 북적이는 곳에 있어야 눈에 덜 띌 거라고 생각했다. 어떤 날은 명동, 어떤 날은 강남역, 어떤 날은 신림동을 돌아다녔다. 인파와 소음을 헤치며 다리가 아플 때까지 걸었다. 그러다 지치면 눈에 띄는 피시방으로 들어가 컵라면으로 요기를 하고 눈이 아플 때까지 게임을 했다.

주말이 되면 지방으로 갔다. 시간의 집에 갔다가는 멤버들을 마주칠 가능성이 컸다. 이수는 기차역에 가서 시간표를 보고 맨 처음 눈에 들어온 곳의 표를 샀다. 주말이 일주일 중 가장 우울했다. 아이의 손을 잡은 부모들, 다정한 연인, 떠들썩한 등산객 무리. 이수는 그곳에서도 하릴없이 돌아다니다 해가 지면 찜질방에서 잠을 청했다. 주인의 미심쩍은 눈길이 가끔 이수를 뒤쫓았지만, 그들은 가출 청소년을 한두 번 본 게 아니었다. 굳이 번거롭게 경찰에 전화를 걸어 아이의 신원을 조회해 보라는 말은 하지 않았다.

그나마 자신을 칭찬해 주고 싶은 점이 있다면 두꺼운 점퍼를 입고 나왔다는 것이었다. 하루하루가 지날수록 날씨가 매서워졌다. 인터넷 뉴스에서는 올 겨울 기록적인 한파가 몰아칠 예정이라고 했다. 내일부터 전국에 폭설이 내린다는 소식도 있었다. 뚝뚝 떨어지는 기온과 함께 이수의 마음도 점점 얼어붙었다. 엄마의 신용카드로 인출한 돈은 어느새 절반밖에 남지 않았다. 돈이 떨어지기라도 하면 아무 데도 갈 수가 없다.

시간을 건너는 집

기사 검색을 마친 이수는 배낭을 메고 자리에서 일어났다. 피시방 카운터에 가서 요금을 낸 뒤 가파른 상가 계단을 내려왔다. 버스가 끊기기 전에 시간의 집에 갈 생각이었다.

"야."

고등학생으로 보이는 남학생 셋이 이수를 따라왔다. 아이들은 순식간에 이수를 에워쌌다. 키가 제일 큰 남자아이가 턱짓으로 상가 뒤편을 가리켰다.

"저쪽으로 따라와."

상가 옆에는 작고 허름한 아파트 단지가 있었다. 아이가 가리킨 곳은 가로등 하나 없는 아파트 뒤쪽의 주차장이었다. 근처를 지나가는 어른들이 몇몇 보였지만 도움을 청할 수는 없었다. 신분이 들통나면 끝장이다. 이수는 별수 없이 아이들을 따라 주차장으로 갔다. 키 큰 아이가 말했다.

"너, 아까 보니까 지갑에 돈 겁나게 많더라? 꺼내 봐."

종은을 찔렀던 칼이 여전히 바지 주머니에 있었다. 머릿속이 바삐 움직였다. 무기가 있으면 셋을 상대로도 이길 수 있을까. 그러다 누군가 또 다치기라도 한다면.

이수는 어쩔 수 없이 점퍼 안쪽에서 지갑을 꺼냈다. 지갑을 들여다본 아이들의 눈이 휘둥그레졌다.

"야. 너 뭐 하는 새끼냐? 딱 봐도 중딩인데."

"가출했냐? 쪼끄만 새끼가 용감한데."

이수는 얼굴을 보이지 않으려고 고개를 숙였다. 키 큰 아이가 이수의 지갑을 바지 주머니에 쑤셔 넣었다.

"교통 카드는 줘."

아이들이 웃음을 터뜨렸다.

"얘 졸라 귀엽지 않냐? 교통 카드는 달래."

도망 다니는 처지가 아니었다면 죽기 살기로 덤볐을 것이다. 이렇게 찍소리도 못 하고 우두커니 서 있지는 않았을 것이다. 아이들이 이수를 내려다보며 담배를 피워 물었다. 키 큰 아이가 아까처럼 턱짓을 보냈다.

"볼일 끝났으니까 꺼져. 신고하면 죽는다."

"돈 가져갔으면 됐잖아. 집에 가야 되니까 교통 카드는 돌려 달라고."

턱이 뾰족한 아이가 이수의 어깨를 밀쳤다.

"꺼지라고 했잖아. 중딩이라 말귀 못 알아듣냐?"

"다 가져가면 어쩌라는 거야. 거기 삼십만 원 넘게 들었어. 교통 카드 한 장 주는 게 그렇게 어려워?"

턱이 뾰족한 아이가 피우던 담배를 땅에 던졌다. 이수의 눈앞이 번쩍하면서 턱이 옆으로 돌아갔다. 아랫배에 주먹이 꽂혔다. 본능적으로 허리를 구부리자 등과 옆구리에 주먹질이 쏟아졌다. 이수는 차가운 아스팔트 바닥에 무릎을 꿇은 채 두 팔로 머리를 감쌌다. 통증으로 숨이 턱턱 막히는 와중에도 두꺼운 점퍼를 입고 나오길 잘했다는 생각이 또다시 들었다.

"야야, 그만해. 빨리 튀자."

이수는 아이들의 운동화가 멀어지는 모습을 바라보다 간신히 몸을 일으켜 화단 가장자리에 앉았다. 돈을 지갑에 몰아넣은 자신이 한심했다. 가방이나 바지 주머니 같은 곳에 나누어 숨겨야 한다고 생각했으면서도 귀찮아서 그러지 않았다. 빈털터리가 되었다고 생각하자 눈앞이 캄캄했지만, 돈을 뺏겨 억울하다는 생각은 하지 않으려 애썼다. 사람을 죽여 놓고 이 정도 일을 당했다고 투덜대면 안 될 것 같았다.

밤공기 속으로 이수의 하얀 입김이 흩어졌다. 이수는 점퍼 안 주머니에서 네모나게 접은 노란 메모지를 꺼냈다. 지갑에 넣지 않았던 게 천만다행이었다. 셀 수 없이 접었다 폈던 메모지에는 이수의 손때가 잔뜩 묻어 있었다.

*　*　*

선미가 이수를 데리고 거실에 들어서자 강민이 이수를 와락 껴안았다. 이수가 강민을 밀쳤다.

"소름 돋게 왜 이래! 핸드폰도 꺼 놓을 땐 언제고."

"야! 네가 전화할 줄 알았냐? 과외 받을 때는 선생님이 핸드폰 끄라고 해. 선미한테 카톡 받자마자 정신없이 뛰어왔다고. 도대체 어떻게 된 거야?"

선미가 말했다.

"엄마 병원에 있는데 수신자 부담으로 전화가 왔어. 이수라는 건 생각도 못 하고 안 받을 뻔했잖아. 영등포에 있는 상가라는 데 돈이 없어서 꼼짝도 못 한다고 하더라고. 택시 타고 데리러 갔지, 뭐."

"성북동에 있는 시간의 집으로 들어온 거야? 아니면 인천?"

"성북동. 이수가 사는 동네로 가자니 좀 불안해서."

선미가 허리에 손을 얹었다.

"배고픈 사람 없어? 나 저녁에 달랑 삼각 김밥 하나 먹었어. 일단 우리 뭐 좀 먹자."

"라면 끓일까?"

이수가 시무룩하게 대답했다.

"피시방에서 계속 라면만 먹었는데."

선미가 말했다.

"밥 먹자 그럼."

아이들은 식탁에 둘러앉았다. 이수는 강민이 데운 갈비탕에 밥을 말아 허겁지겁 퍼먹기 시작했다. 선미와 강민은 묻고 싶은 말이 많았지만 이수가 다 먹을 때까지 꾹 참았다. 선미가 말했다.

"영등포에 있는 피시방은 왜 갔어? 네 전화 받고 얼마나 놀랐는지 알아?"

시간을 건너는 집

"그냥. 여기저기 돌아다니다."

"돈은 다 떨어진 거야?"

"아니. 못된 새끼들한테 다 털렸어."

강민이 입을 벌렸다.

"우아. 네 돈을 뺏는 애들은 도대체 얼마나 무서운 애들인 거야?"

선미가 말했다.

"아저씨가 그러더라. 이 집에 3일 동안 꼬박꼬박 나왔다고. 일부러 우리가 없을 때 왔던 거야? 그래, 우리가 보기 싫을 수도 있어. 하지만 어떻게 지낸다고 메모 하나 남길 수는 있잖아."

이수는 눈길을 내리깔았다.

"그 아저씨 화났어?"

"당연하지. 그럼 잘했다고 칭찬하겠니?"

강민이 선미를 보며 고개를 흔들었다. 선미는 강민의 시선을 피했다. 강민과 말다툼을 한 뒤로 어색해진 사이는 좀처럼 좋아지지 않았다. 이수가 물었다.

"그 찐따는? 잘 있어?"

강민이 말했다.

"응. 네 걱정 많이 해."

선미가 말했다.

"자영이는 안 불렀어. 어차피 이 시간에 못 나올 것 같아서."

"만나면 말해 줘. 넌 잘못한 거 없으니까 또 병신처럼 주눅 들지 말라고."

자영에게 마지막으로 했던 말은 진심이 아니었다. 종은을 죽일 생각은 조금도 없었다. 적당한 때 끼어들어서 애들을 겁주고, 자영을 데리고 나올 생각이었다.

"이제 경찰이 아는 거지. 내가 그랬다는 거."

강민이 한숨으로 대답을 대신했다.

"아저씨가 나한테 기회를 줄까? 화났다며. 이번 달까지 버텨도 나는 2층에 못 올라간다고 하면 어떡하지. 지금까지 도망 다닌 거 말짱 꽝이 되잖아. 죽은 애를 살릴 수도 없고."

강민과 선미의 눈길이 마주쳤다. 선미가 말했다.

"너 아무것도 모르는구나?"

"뭘 몰라?"

"배종은이라는 애, 안 죽었어."

허벅지에 소름이 돋았다. 이수는 입을 벌린 채 꼼짝도 하지 못했다. 방금 들은 말을 믿을 수가 없었다. 그 애가 살아 있으리라고는 결코 생각해 보지 못했다.

집을 나온 뒤로, 이수는 자신이 저지른 일을 후회하지 않으려고 했다. 그래 봤자 달라지는 것도 없을뿐더러 후회하고 자책하기 시작하면 진짜 견딜 수 없을 것 같았다. 이 상황에서 자신이 할 수 있는 최선의 일은 어떻게든 마지막 날까지 버텨서 과거의 문을 여는 것뿐이라고 믿었다. 그럼에도 불구하고 그날부터 지금까지 줄곧 똑같은 생각이 이수를 따라다녔다.

참았어야 했다.

엄마 때문에 제정신이 아닌 날이었지만, 왜 하필 그날에 좋은을 만나게 됐는지 원망스러웠지만, 좋은을 찌를 생각은 정말 없었다고. 터지기 직전의 풍선에 좋은이 마지막 숨을 불어 넣은 거라고 변명하고 싶었지만, 그래도 자신이 참았어야 했다.

강민이 말했다.

"그때 같이 있던 좋은이 친구들, 상가 밖으로 나와서 곧장 도망쳤어. 다들 놀라서 신고할 생각은 하지도 못했다고. 선미가 신고 안 했으면 위험했을지도 몰라. 다행히 깊이 찔리지 않아서 이번 달 안에 퇴원한대."

선미가 오른손으로 브이 자를 그렸다.

"거봐. 내가 전화하길 잘했지?"

이수의 고개가 떨어졌다. 터졌던 풍선이 다시 부풀어 오르기 시작했다. 주먹으로 두 눈을 짓눌렀지만 그래도 눈물은 쏟아졌다.

이수는 식탁에 엎드려 서럽게 울었다. 이제 괜찮다. 아저씨가 기회를 주지 않는다고 해도, 너 같은 아이는 문을 열 자격이 없다고 욕해도 상관없다. 지금 들은 소식만으로도 충분하다.

그제야 비로소 이수는 자신이 그 일을 얼마나 후회하고 있었는지 깨달았다.

3

엄마가 아빠와 이수를 버리고 집을 나갔을 때, 이수는 6살이었다. 기억 속의 아빠는 언제나 컴퓨터 앞에 앉아 있었다.

유치원이나 어린이집에 다니지 않았던 이수는 온종일 집에 있었다. 몇 안 되는 장난감을 만지작거리고, 다 쓴 스케치북의 빈틈을 찾아 그림을 그리고, 멍하니 텔레비전을 보고도 할 일이 없을 때면 아빠가 하는 컴퓨터 게임을 구경했다. 화면은 요란한 색깔로 쉼 없이 바뀌었고, 괴물인지 로봇인지 모를 것들이 피를 튀기며 죽거나 쓰러졌다. 마우스 옆에 놓인 재떨이에서는 연기가 계속 피어올랐다.

그리고 어느 날, 이수는 병이 났다. 처음에는 가벼운 감기였지만 제때 약을 못 먹은 바람에 증상이 심해졌다. 이수가 칭얼거리며 엉겨 붙자 아빠는 게임에 집중할 수 없어 점점 화가 났다. 그래서 의자 하나를 방으로 가져와 의자를 구석에 밀어붙이고 이수를 앉혔다. 박스 테이프로 이수의 몸을 의자와 함께 감아 버렸다. 이수는 목의 통증도 잊고 악을 쓰며 울었다. 아빠는 헤드폰을 쓰고 다시 게임을 시작했고, 이수는 앉은 자리에서 오줌을 지리고 자다 깨기를 반복했다.

다시 눈을 떴을 때는 아침이었다. 6살 아이가 도저히 이해하기 힘든 광경이 눈앞에 펼쳐져 있었다. 아빠가 두 손으로 자신의 멱살을 거머쥔 채 바닥에 쓰러져 있었다. 작은 창문으로 쏟아진 햇살이 입가에 맺힌 허연 거품을 조명처럼 비추었다. 아빠가 간질이라는 병을 앓고 있었다는 걸 이수는 아주 뒤늦게야 알았다.

아빠는 다시는 일어나지 않았다. 테이프에 묶인 이수는 우는 것 말고는 할 수 있는 일이 없었다. 5살 때 잠깐 다닌 유치원에서는 위험한 일이 생기면 어떤 번호로 전화를 해야 한다고 가르쳐 줬다. 간단해 보였던 번호는 절대로 떠오르지 않았고, 테이프에 묶인 채 전화를 찾을 수도 없었다.

꼼짝도 하지 않던 아빠의 몸, 플레이어를 잃고 계속 같은 동작을 되풀이하는 게임 캐릭터들, 마침내 꺼져 버린 담배.

그 방에서의 마지막 기억은 누군가의 발소리와 찢어지는 듯한 비명을 들은 것이었다. 그다음 일은 띄엄띄엄 기억이 났다. 지금 사는 인천으로 엄마와 이사를 왔고, 비슷비슷한 연립주택들로 이사를 다녔고, 초등학교에 입학했다. 엄마가 또다시 집을 나갈지도 모른다는 불안감과 아빠의 죽음을 목격하며 느낀 공포는 이수를 언제나 따라다녔다. 왜 그런 일이 생겼을까. 혹시 내 잘못은 아니었을까. 엄마가 돌보는 아기처럼 자신이 좀 더 순한 아이였다면 엄마는 집을 나가지 않았을까. 감기에 걸리지 않고 건강히 있었다면 아빠는 죽지 않았을까. 엄마는 이수가 그 일을 전혀 기억하지 못한다고 생각했다. 이수의 아빠에 대해 묻는 사람이 있으면 교통사고로 죽었다고 당당히 거짓말을 했다.

이수는 점퍼에 달린 모자를 뒤집어쓰고, 마스크까지 꼈다. 곧 엄마가 집에서 나올 시간이다. 연립주택 출입구를 뚫어지게 보고 있는데 눈앞에 작은 솜뭉치 같은 것들이 떠다녔다.

눈이 내리고 있었다.

빛바랜 연립주택들이 다닥다닥 붙은 동네가 엽서에 나오는 풍경처럼 운치 있게 변했다. 눈송이는 점점 굵어졌다. 쉽게 멈출 기미가 아니었다. 문득 강민이 했던 말이 떠올랐다.

우리가 헤어지기 전에 눈이 엄청 많이 내리면 좋겠다. 다 같이 커다란 눈사람도 만들고 눈싸움도 하고. 얼마나 좋은 추억이 되겠어.

그 집에 다 함께 있었다면 무얼 했을까. 강민은 분명히 눈사람을 만들자고 호들갑을 떨 거다. 자영이야 강민의 말이라면 껌뻑 죽으니 좋다고 할 테고, 선미는 입을 삐죽이면서도 제일 열심히 눈을 굴릴 거다. 그럼 나는? 멤버들을 삐딱하게 지켜보며 잔소리를 하겠지.

유치하다, 추운데 뭐 하는 짓이냐, 발로 만들어도 그것보단 낫겠다.

마당에서 한바탕 놀고 집에 들어가면 따뜻한 차를 끓여 다 함께 마신다. 커튼을 활짝 걷고 눈 내리는 풍경을 보며 이야기를 나누거나 영화를 본다. 영화는 내가 고를 거다. 그 집에 있던 디브이디들을 아직 절반도 못 봤다.

멤버들과 함께할 수 있는 시간이 두 주밖에 남지 않았다. 15살이 될 때까지 이렇다 할 친구가 한 명도 없었는데, 고작 네 달을 함께 보낸 멤버들이 가슴에 깊이 박혀 버렸다. 하지만 이 달의 마지막 날, 각자 고른 문으로 들어가면 모든 기억이 머릿속에서 사라진다. 고장 난 엘리베이터에 넷만 갇힌다 해도 서로를 알아보지 못한다.

씨발, 그건 진짜 별론데.

밖으로 나온 엄마가 인상을 쓰며 하늘을 쳐다봤다. 눈이 온다는 걸 이제야 안 모양이다. 이수는 마스크를 벗고 엄마에게 걸어갔다. 엄마는 유령이라도 본 듯 그 자리에 멈춰 섰다. 엄마가 낡은 핸드백으로 이수의 가슴을 후려쳤다.

"야! 이놈의 새끼야! 너 도대체 어떻게 된 거야! 무슨 짓을 하고 다닌 거야, 응!"

엄마 목소리에 울음이 섞여 있었다. 이수는 엄마의 두 손목을 움켜쥐었다.

"경찰이 몇 번이나 다녀갔는지 알아? 너야? 진짜 네가 그런 거야? 응?"

이수는 엄마의 손목을 놓았다. 이번에는 엄마가 이수의 마른 어깨를 붙잡았다.

"이수야, 자수해. 경찰이 그러는데 자수하면 형량이 훨씬 낮아진대. 네가 찌른 애, 행실도 안 좋았다며. 친구를 도와주려다 그랬다고 하면 금세 풀려날 수 있어."

"다 방법이 있어. 걱정하지 마."

"방법이 있긴 뭐가 있어!"

엄마가 미친 사람처럼 발을 굴렀다. 이수는 울지 않으려고 눈송이가 끝없이 떨어지는 하늘을 올려다봤다.

"그때 어디 갔었어?"

"뭐?"

"아빠 죽었을 때! 씨발, 내가 그 거지 같은 테이프에 묶여 있었을 때! 그쪽은 도대체 어디 있었냐고! 그때도 다른 남자랑 있었어? 왜 그때 얘기는 지금까지 한 번도 안 했어? 왜 나한테 미안하다고 한 번도 안 그랬냐고!"

엄마는 기가 막힌다는 듯이 자신의 가슴을 때렸다.

"지금 그 얘기가 왜 나오니? 이런 일이 생긴 게 다 내 탓이라는 거야?"

"그래, 그쪽 탓이야! 나한테 한 번도 미안하다고 안 했잖아. 단 한 번이라도 제대로 설명해 주고 사과하면 좋았잖아!"

목이 메었다. 억지로 침을 삼키고 엄마를 다시 노려봤다.

"그쪽은 나한테 아무 관심도 없지? 그럴 거면 왜 낳았어? 처음부터 낳지를 말았어야지!"

"너 같은 애들은 멋대로 사고쳐 놓고 꼭 핑계를 대지. 집이 못 살아서 그렇다, 아빠가 없어서 그렇다, 어릴 때 재수 없는 일을 겪어서 그렇다. 나도 나름대로 최선을 다했어. 여자 혼자 애 키우는 게 쉬운 줄 알아? 이제 와서 날 탓할 생각은 눈곱만큼도 하지 마. 알았니?"

"그럼 그쪽도 핑계 대 봐. 왜 아빠랑 날 버리고 도망갔는데? 왜 이 남자 저 남자 만나며 병신같이 머리채나 잡히는데?"

이수는 손등으로 눈물을 훔쳤다.

"내 탓이 아닌데, 씨발. 그렇게 어린애가 뭘 안다고."

엄마의 시선이 이수의 등 뒤에 멈췄다. 엄마가 갑자기 이수를 마구 떠밀었다.

"이수야, 빨리 뛰어. 빨리!"

"뭐야. 갑자기 왜 이래!"

"저기, 저기 형사들 오잖아. 빨리 도망가!"

두 남자가 이수를 똑바로 바라보며 걸어왔다. 이수는 엄마가 떠민 쪽으로 무작정 뛰었다. 낯익은 거리가 이수의 양옆으로 쏜살같이 스쳐 갔다. 이수를 뒤쫓는 세찬 발걸음 소리는 점점 가까워지더니 결국 이수의 마른 몸을 덮쳤다. 모퉁이를 돌자마자 이수는 바닥에 얼굴을 부딪치며 쓰러졌다. 형사가 이수의 팔을 뒤로 꺾으며 수갑을 채웠다.

형사가 미란다 원칙을 읊조리는 동안, 이수는 바닥에 얼굴을 짓눌린 채 차곡차곡 쌓여 가는 눈송이를 바라봤다. 멤버들을 다시는 볼 수 없다는 생각이 가장 먼저 떠올랐다.

너 때문이 아니라고, 자영에게 직접 말해 줬다면 좋았을 텐데.

형사가 이수를 일으켜 세웠다. 새하얀 풍경과 어울리지 않는 엄마의 울음소리가 이수의 귓가에 희미하게 메아리쳤다.

이수는 마지막으로 하늘을 바라봤다. 이 눈이 아주 오랫동안 내리기를 기도했다. 오늘만큼은 멤버들이 자신의 소식을 듣지 않기를 바랐다.

이 아름다운 날을 충분히 만끽할 수 있도록.

4

"그동안 잘 지냈니?"

"만나 주셔서 감사합니다. 원래는 이렇게 오시면 안 되는 거, 알고 있어요."

남자가 입은 점퍼 사이로 흰색 니트에 작게 수놓인 미키마우스의 귀가 언뜻 보였다. 홀쭉한 얼굴과 숱 없는 머리카락, 작은 링 귀걸이도 여전하다. 하지만 들떠 보였던 첫 만남 때와 달리 지금은 착잡한 표정이다.

"사실만 가지고 이야기하자. 이수는 죄를 지었으니 당연히 벌을 받아야 해. 이 집은 기회를 주지 면죄부를 주지는 않아."

"지금 상황이라면 이수는 마지막 날에 올 수 없어요. 그럼 어떻게 되는 거예요?"

"나머지 세 명은 예정대로 2층에 올라가서 선택의 시간을 갖는다. 이수는 일주일에 세 번 이상 나와야 하는 규칙을 못 지켰으니 기회는 이미 사라졌어. 이수처럼 중간에 탈락하거나 마지막 날에 오지 못한 아이들은 내가 직접 찾아가서 기억을 삭제하는데 일이 복잡해졌어. 피의자 신분이라 만나기가 쉽지 않을 거야. 또 혹시라도 자영이가 현재의 문을 선택한다면 이 집에 대한 자영이와 이수의 기억은 지울 수 없게 돼."

강민은 생각에 잠겼다.

"이수는 결국…… 소년원에 갈 테니까요. 아저씨가 이수를 만나서 이 집에 대한 기억을 삭제한다면, 자기가 왜 좋은이를 찔러서 소년원에 있는지 도저히 이해할 수 없겠죠. 그래서 자영이의 기억도 지울 수 없는 거예요. 이수가 저지른 일에 자영이가 연관되어 있으니까."

"그래. 자영이와 이수의 기억 삭제 여부는 자영이의 선택을 지켜본 뒤 결정할 거야."

강민은 기도하듯 두 손을 맞잡았다. 남자 앞에 무릎이라도 꿇고 싶었다.

"그냥…… 이수한테 한 번만 더 기회를 주시면 안 될까요? 인터넷에 뜬 기사를 보셨는지 모르겠지만, 어린 시절에 아주 힘든 일을 겪었어요."

"무리한 부탁을 하는구나. 규칙을 어긴 아이는 나도 어쩔 수
없어. 경찰서에 가서 어느 문으로 들어가고 싶은지 대답이라도
듣고 오라는 거니?"

"죄송해요, 아저씨. 다 제 잘못이에요. 제가 아이들을 좀 더 잘
보살폈어야 했는데. 이러라고 저를 다시 부르신 게 아닐 텐데."

"너를 다시 부른 건 내가 아니라 이 집이야. 널 원망하는 마음
은 조금도 없다. 아마 이 집도 그렇게 생각할 거야."

남자는 억지로라도 웃어 보이려 했지만 잘 되지 않았다.

"내가 알아야 할 다른 소식은 없니?"

"선미 어머님, 아무래도 며칠 안에 돌아가실 것 같아요. 이번
달까지 버티시길 그렇게 바랐는데. 선미도 며칠째 병원에만 있
어요."

"정말 안됐구나. 실망이 크겠어."

남자는 담담하게 말했지만 말을 끝내자마자 긴 한숨이 새어
나왔다.

"다들 엄청난 기회를 받았다고 생각했는데, 이제 아닐지도 모
른다는 생각이 들어요. 기대했던 만큼 실망이 커졌어요. 기회를
잃어버린 이수와 선미의 심정은 어떨까요? 자영이는 이제 어느
문을 선택해야 할지 모르겠대요. 이수 일이 자기 탓이라며 많이
괴로워해요. 저는 어떡하죠? 여전히 가고 싶은 곳이 없어요. 아

이들을 도와주고 싶은데 방법을 모르겠어요."

"왜 기회를 잃었다고만 생각하는지 모르겠구나."

"네?"

"너희 모두 진지하게 돌아보면 좋겠다. 과연 이 집에서 얻은 건 전혀 없는지. 처음에 바랐던 것을 얻지 못했다고 해서 지금까지 이 집에 나온 시간이 모두 헛일이었는지. 이 집은 이제 이수를 도울 수 없지만, 너희는 할 수 있을지도 몰라."

"어떻게요?"

"방법은 스스로 찾아야 해. 선택은 언제나 너희 몫이야."

남자는 소파에서 일어나 거실을 나갔다.

강민은 생각에 잠긴 채 오랫동안 그 집에 머물러 있었다.

5

검은 양복을 입은 아빠의 회사 동료들과 얼굴이 긴가민가한 친척들이 줄지어 들어왔다 사라졌다. 친척 아주머니들은 선미를 끌어안고 요란하게 울음을 터뜨렸는데, 그중에는 친척인지조차 전혀 몰랐던 사람들도 있었다. 이 많은 사람들이 어디에 있다가 이렇게 우르르 몰려들어 왔는지 선미는 슬픔 속에서도 이따금씩 얼떨떨했다.

낯익은 얼굴들도 적지 않았다. 병원에도 종종 다녀갔던 엄마의 친구들, 선미의 담임 선생님과 반 아이들도 엄마를 조문하러 왔다. 엄마의 친구들은 영정 앞에 무릎을 꿇고 서럽게 흐느꼈고, 그때마다 누군가 나타나 그들을 부드럽게 일으켰다.

선생님과 아이들은 영정 앞에 하얀 국화를 바친 뒤 절을 하고 선미의 손을 어색하게 쥐었다. 눈물을 펑펑 쏟는 아이도, 힘내라고 조그맣게 속삭여 준 아이도 있었다. 자의든 타의든 이곳까지 와 준 아이들이 지금은 그저 고맙기만 했다.

자영과 강민은 부르지 않았다. 엄마가 돌아가셨다고 단톡방에 짤막한 메시지만 남기고, 빈소가 어디인지는 끝까지 말하지 않았다. 강민을 마주하기도 껄끄러웠고, 이수의 일로 다들 마음이 무거운데 자신까지 짐이 되고 싶지는 않았다.

아빠는 푸석푸석한 얼굴로 추모 공원의 경치를 둘러보며 담배를 피워 물었다. 제법 굵은 눈송이가 흩날리고 있었다.

"올 겨울에는 눈이 유난히 많이 오네. 너희 엄마는 눈 싫어했는데."

하여튼 분위기 깨는 소리를 하는 건 여전하다.

"맞아. 눈 오면 유난히 못 걸었잖아. 등산화를 신고도 미끄럽다고 아빠 팔이랑 내 팔 잡고 엄청 호들갑 떨었지."

"네가 2월에 태어났잖아. 엄마 배가 엄청 불렀을 때 서울에 폭설이 내렸어. 잠시 외출이라도 할라치면 거의 내 팔에 드러

시간을 건너는 집

누워서 다녔다니까. 가뜩이나 눈길을 못 걷는데 배 속에 너까지 들어 있으니 얼마나 조심했다고."

튼실한 하체에 한 손으로 부푼 배를 받치고 아빠에게 매달려 있는 엄마를 생각하자 웃음이 나왔다. 아빠가 말했다.

"어제는 눈이 안 와서 다행이다. 장례식장에 있을 때 왔으면 사람들이 조문 오기 힘들었을 텐데."

장례식장에서 가장 조용한 사람은 할머니였다. 할머니는 그제야 엄마의 죽음이 실감 나는지 한구석에 주저앉아 엄마의 영정만 멍하니 바라보았다.

"아빠. 전에 할머니가 사진 보여 줬던 아줌마, 마음에 들면 만나 봐."

아빠가 어색하게 웃었다.

"아빠도 그동안 고생했잖아. 나도 이제 다 컸으니까 괜찮아. 진짜로."

"야, 인마. 너 내년이면 벌써 고3이잖아. 이제 다른 생각하지 말고 공부만 해. 엄마도 그러더라. 너 꼭 교대 갈 수 있게 뒷바라지해 주라고."

"언제 그런 소리를 했어?"

"의식 돌아올 때마다. 간간이."

왈칵 짜증이 났지만 애써 마음을 추슬렀다. 함께 고생한 아빠에게 화를 내는 건 옳지 못하다.

"아빠도 내가 교대 가면 좋겠어?"

"성적이 되면 가면 좋지. 그래도 아빠는 네가 하고 싶은 일 하면서 살면 좋겠어."

"예전에는 엄마가 하도 선생님 타령해서 좀 짜증 났는데 생각해 보니까 괜찮은 직업 같아. 교대 말고 사범대에 가서 중학교나 고등학교 선생님이 되는 거야. 요즘에 학교 폭력 당하는 애들 많잖아. 그런 애들 마음도 헤아려 주고, 아픈 기억이 있는 애들도 도와주고."

"엄마 소원도 이뤄 주고?"

입가에 떠올랐던 웃음은 이수 생각에 금세 희미해졌다. 이수가 붙잡힌 뒤로 인터넷 포털 사이트에 좋은이를 칼로 찌르고 도주한 사건이 다시 화제에 올랐다. 한 기자에 의해 이수의 어린 시절 이야기도 낱낱이 파헤쳐졌다. 이수는 엄연한 가해자였지만, 이수를 동정하는 여론도 적지 않았다.

그날의 만남이 마지막일 줄은 생각지도 못했다. 이수를 한 번만 더 만나고 싶었다. 그 마른 어깨를 꼭 끌어안고, 그런 무서운 일을 겪어서 정말 안됐다고, 내가 좀 더 잘해 주지 못해서 미안하다고 말하고 싶었다.

이수는 기회를 잃었고, 선미는 더 이상 기회가 필요하지 않다. 할 수만 있다면 자신의 기회를 이수에게 주고 싶다. 지금은 그 집에 다시 가야 할지조차 알 수가 없다. 과거로 가더라도 엄마는 결국 죽는다. 엄마를 떠나보내는 일은 두 번 다시 겪고 싶지 않다. 미래로 간다 해도, 현재에 남는다 해도, 이제 그 어디에도 엄마는 없다.

선미는 손바닥을 내밀어 떨어지는 눈송이를 받았다.

엄마, 저 눈 보여? 예쁘지? 이제 걸어 다니지 않아도 되잖아. 그러니까 마음 푹 놓고 예쁜 풍경 마음껏 감상하세요.

6

빨간색과 하얀색, 황금색 공으로만 장식된 크리스마스트리는 소박했지만 아름다웠다. 트리 사이에 아저씨가 끼워 놓은 메모가 보였다.

트리를 놓을지 말지 끝까지 고민했다.
무거운 마음은 잠시 내려놓고 즐거운 성탄을 보내길 바란다.
31일, 오후 다섯 시에 만나자.

이수를 뺀 멤버들은 크리스마스 케이크를 앞에 놓고 식탁에 앉았다. 선미가 먼저 입을 열었다.

"장례식에 안 불렀다고 섭섭해하지는 않았으면 좋겠어. 이수

일로 다들 힘들었는데 거기까지 오면 더 우울할까 봐. 나도 너희를 보면 더 슬플 것 같았고."

"어머님 임종은 지켰어?"

"응. 아빠랑 병원에 계속 대기하고 있었거든. 잠자는 것처럼 편안히 돌아가셨어."

자영은 차마 입이 떨어지지 않았다. 다시 만난 선미는 보기 안쓰러울 정도로 초췌했다. 자영의 마음을 알아챈 듯 선미가 살짝 웃어 보였다.

"나 괜찮아. 엄마 돌아가셨을 때 너무 많이 울어서 이제 눈물도 안 나와. 너무 오래 고생하셔서 차라리 잘됐다는 생각도 들어. 이번 달까지 버티셨으면 좋았겠지만, 그건 내 마음대로 되는 일이 아니니까."

"언니…… 31일에는 오실 거죠?"

"잘 모르겠어. 오늘 온 건 두 사람한테 인사는 해야 할 것 같아서. 돌아보면 아쉬운 일이 참 많아. 너랑 이수한테 좀 더 잘해줬어야 하는데. 엄마 문제로도 너무 벅차서 그러지 못했어."

"이수가 나온 기사…… 보셨어요? 나라면 엄마가 미웠을 것 같은데, 왜 엄마를 보러 돌아갔을까요? 거기만 안 갔어도 잡히지 않았을 텐데."

선미는 생각했다. 가족이니까. 짜증 나고 답답한 적도 많지만, 그럼에도 불구하고 항상 마음이 쓰이니까. 그게 가족이니까.

시간을 건너는 집

강민이 말했다.

"나, 지난주에 아저씨 만났어. 편지 보내서 잠깐 만나 달라고 했어. 이수가 어떻게 되는 건지 미리 물어보고 싶어서."

"아저씨가 뭐라고 하세요?"

"예상대로야. 이미 규칙을 어겼기 때문에 기회를 받을 수 없대."

자영과 선미는 강민이 아저씨와 나눈 이야기를 묵묵히 들었다. 선미가 물었다.

"우리가 이수를 도와줄 수 있다고? 어떻게?"

"나도 잘 모르겠어. 좋은 아이디어가 떠오르더라도, 어떤 문을 선택할지에 대한 결정은 말하면 안 되니까."

자영은 생각에 잠겼다. 재판이 끝나면 이수는 소년원에 간다. 인터넷 기사에서는 형이 2년 미만일 거라고 했다. 자영의 선택에 따라 자영과 이수의 기억 삭제 여부가 결정된다. 자영이 현재의 문을 선택해야만 이 집에 얽힌 모든 기억을 간직할 수 있다.

자영은 스스로에게 물었다.

이 기억을 잃고 싶어?

아니다. 그렇지 않다. 멤버들을 만나고서야 알게 됐다. 세상에는 이렇게 좋은 사람들이 있다는 걸. 나에게 손을 내밀어 줄 사람이 있다는 걸. 이제야 잘 헤쳐 나갈 자신이 조금이나마 생겼는데, 과거나 미래로 간다면 힘들게 얻은 용기도 함께 사라진다.

하지만 자신만 생각할 수는 없다. 이수는 자영이 어떤 선택을 하길 바랄까. 소년원에 간다는 생각에 지금쯤 얼마나 암담할까. 아저씨 말대로 죄를 지었으니 대가를 치르는 게 당연한 일일까? 소망 노트에 이수의 이야기를 적을 수는 없을까? 이수가 소년원에 가지 않게 해 주세요, 라든가 이수에게 제발 문을 선택할 수 있는 기회를 주세요, 라든가. 하지만 이런 소망은 들어주지 않을 것이다.

이수와 한 번만 이야기를 나눌 수 있다면 물을 수 있을 텐데.

너도 나처럼 이 집이 좋았느냐고. 멤버들과의 기억을 잃고 싶지 않느냐고.

도대체 어떤 선택을 해야 할까.

"너희에게 할 얘기가 있어. 너무 부끄러운 일이라 어떻게든 비밀로 하려고 했어. 너희가 날 어떻게 생각할지 두려웠거든. 나, 이 집에 온 게 처음이 아니야. 예전에도 이 집의 멤버였어."

강민이 갑자기 꺼낸 말에 자영의 생각이 멈췄다. 선미가 황급히 말했다.

"잠깐. 억지로 얘기할 필요 없어. 나 때문이라면 그만둬."

"아냐, 문으로 들어가는 순간 모든 기억이 사라지더라도 이렇게 껄끄러운 기분으로 헤어지고 싶지는 않아. 너희한테 벌어지는 일들을 지켜보면서 나만 떳떳하지 못하다는 생각이 들었어. 혹시 너희가 실망하고 화를 내더라도 그 기억도 어차피 사라질 거잖아. 그래서 용기를 내 보기로 했어. 다들 서로를 믿고 진심

　　　　　　　　시간을 건너는 집

을 보여 줬는데 나 혼자만 비밀을 감추고 있잖아."

자영이 물었다.

"무슨 말인지 하나도 모르겠어요. 예전에도…… 이 집의 멤버였다고요? 그걸 어떻게 아신 거예요?"

"처음부터 이 집이 친숙했어. 아저씨랑 할머니도 꼭 어디선가 만났던 사람 같았고. 너희들과 달리, 나만 아무 의심 없이 이 집에 들어왔잖아. 계속 이상한 느낌이 들어서 아저씨한테 편지를 보내서 진실을 말해 달랬어."

자영은 8월의 일들을 떠올렸다. 강민은 집주인이라도 되는 양 자신에게 반갑게 인사를 건네고, 부엌을 서슴없이 돌아다니며 간식을 차려 주었다. 능숙하게 그릇을 꺼내는 강민을 멍하니 바라봤던 기억이 아직도 생생했다.

"나, 예전에는 이수보다도 음침한 아이였대. 아저씨 얘기를 들어 보니 그럴 만도 했어. 나 때문에 한 아이가 실종됐거든. 내가 중학교 1학년 때의 일이었어. 반에서 한 아이를 심하게 괴롭혔대. 할머니랑 단둘이 사는 아이였는데 옷도 허름하고, 숙제도 잘 안 해 오고, 성적도 안 좋고. 나한테는 아주 만만한 먹잇감이었지. 그런데 어느 날부터 그 아이가 갑자기 학교에 나오지 않았어. 저녁에 집을 나가서 들어오지 않았다고 하더라. 아이는 몇 주가 지나도 돌아오지 않았어. 집 근처 시시티브이에 찍힌 게 그 아이의 마지막 모습이었어. 아이의 삼촌이 조카를 찾으려고 인터넷 사이트 여기저기에 아이의 사진과 인적 사항을 올렸어. 고작 14살짜리 아이가 흔적도 없이 사라진 사건이라 많은 사람들이 관심을 가졌지. 아이의 삼촌은 나한테 괴롭힘을 당해 가출한 게 분명하다며 아이가 썼던 일기장을 사진 찍어서 인터넷에 올렸어. 일기장에는 우리 학교 이름은 물론 내 이름도 고스란히 들어 있었지."

강민이 잠시 말을 멈추고 숨을 가다듬었다.

"그 뒤의 일은 안 들어도 상상이 가지? 말 그대로 신원이 탈탈 털렸어. 아이를 찾든 못 찾든 나를 처벌해야 한다고 다들 목소리를 높였지. 나뿐만 아니라 부모님 신원도 다 털렸어. 아빠는 교수 자리를 내려놓았고, 형과 나는 학교를 그만뒀어. 결국 온 가족이 한 번도 가 본 적 없는 지방으로 이사를 갔지. 엄마 아빠는 툭하면 싸웠고, 형도 내 탓을 했어. 난 엄청난 죄책감에 시달렸어. 일이 이렇게까지 커질 줄은 꿈에도 몰랐지. 가장 견디기 힘들었던 건 그 아이를 끝까지 찾을 수 없었다는 거야. 사람들은 그 아이가 죽었을 거라고 믿기 시작했어. 납치돼서 어디로 팔려 갔다는 둥 온갖 괴소문도 나돌았지."

선미는 실종된 여고생의 기사를 유심히 보던 강민의 모습을 떠올렸다. 아이를 찾았다고 했을 때 지었던 그 환한 웃음도.

"나는…… 전학 간 학교에도 나가지 않았어. 또 누가 어디에서 나를 비난할지 두려웠거든. 거의 1년을 집에만 틀어박혀 있었어. 보다 못한 엄마가 이제 그만 잊고 새 출발하라는 뜻으로 새 운동화를 사 왔고, 그걸 신고 나간 첫날 이 집에 오게 된 거야. 선택의 날, 내 선택은 미래의 문이었어. 현재가 너무 괴로웠기에 될 수 있는 한 먼 미래에서 새로 시작하고 싶었지. 소망 노트에는 이렇게 적었어. 만약 그 아이가 어딘가에 살아 있다면, 부디 행복하게 살게 해 주세요. 그리고 제가 그 아이에게 저지른 일을 제발 일어나지 않은 일로 리셋해 주세요. 대신 평생 동안 힘든 일을 겪는 사람들을 도우며 살게 해 주세요. 그걸로 제 죗값을 치르겠습니다. 그렇게 내 소망은 이루어졌어. 15살의 김강민은 공부도 잘하고 집도 잘살고 친구들에게 인기도 많은 18살의 김강민으로 새로운 현재를 시작했지. 아저씨가 말했던 것처럼 이 집은 미래의 문으로 들어간 나를 위해 새로운 기억들로 내 머릿속을 채워 줬어. 그리고 다시 이 집의 멤버가 되어 너희를 만난 거야.”

선미가 간신히 말했다.

“그럼…… 우리를 도우려고 다시 이 집의 멤버가 된 거야?”

“그래. 임무는 처참하게 실패한 것 같지만.”

“실종됐던 그 아이는 어떻게 됐어?”

“모르겠어. 아저씨한테 물어봤는데 그건 절대 안 가르쳐 주시더라.”

“이 집은 낯이 익는다며 그때 일은 전혀 기억이 안 나? 그 애

얼굴조차도?"

"그래. 하지만 과거의 나는 분명히 그런 일을 저질렀어. 지금까지 했던 얘기 중에서 내가 기억나는 건 아무것도 없어. 모두 아저씨의 답장을 읽고 알게 된 사실들이지. 하지만 자영이가 괴롭힘을 당한 이야기를 들을 때마다 계속 머리가 아팠어. 내 편지를 읽고 아저씨도 많이 당황하셨어. 문을 선택해 들어가면 이 집에 대한 기억이 완전히 사라져야 하는데, 나는 두 번이나 오게 된 특별한 경우라 그랬던 것 같대."

자영의 원망 가득한 눈빛에 강민은 시선을 떨어뜨렸다.

"도저히 믿을 수가 없어요. 오빠가 그런 짓을 했다는 게."

자영의 목소리가 떨렸다.

"후회가 되긴 해요? 죄책감이 느껴지긴 해요? 아무것도 기억이 안 나는데?"

"내가 한 아이를 그렇게 심하게 괴롭혔다는 게 아직도 믿어지지 않아. 이 집이 내 소망을 들어줬으니까, 아까 말했던 대로 평생 속죄하는 마음으로……."

"그 애가 너무 불쌍해요. 얼마나 힘들었으면 가출까지 했겠어요? 그 애의 심정이 어땠을지 저는 잘 알아요. 아마 죽고 싶다는 생각까지 했을 거예요. 그러려고 집을 나간 건지도 몰라요."

"자영아, 내가 끝까지 이 일을 숨기고 싶었던 건 너 때문이었어. 네 반응이 제일 두려웠거든. 착한 척은 혼자 다 하더니 완전히 속았다는 생각이 들겠지. 마지막 날까지 나랑 얘기하고 싶지 않다고 해도 좋아. 내가 보기 싫으면 네가 없을 때 올게. 그럼에도 불구하고 네 앞에서 이 이야기를 한 건, 널 괴롭힌 그 애들도 나처럼 후회하고 뉘우칠 수 있다는 걸 말해 주고 싶어서였어. 그 애들이 꼭 그랬으면 좋겠어."

자영은 눈물이 맺힌 강민의 눈을 외면했다.

"마지막 날이 돼서 2층 문을 열면 오빠는 또 모든 기억을 잊어 버리겠죠. 어디로 가든 친구들이랑 웃고 떠들며 행복하게 살아 가겠죠. 지금까지 그랬던 것처럼."

자영은 소파에서 일어났다.

"그 애들이 후회하고 뉘우칠 수 있다고요? 맞아요, 그럴 수도 있겠죠. 하지만 그 애들이 오빠처럼 평생 속죄하며 살아간다 해도 내가 받은 상처는 절대 안 없어져요."

7

선미는 신발장에 든 하얀 운동화를 바라보았다. 새하얗던 갑피가 어느새 많이 더러워졌다. 운동화를 세탁할 여유조차 없었을 만큼 시간이 쏜살같이 지나갔다. 아주머니가 운동화를 버렸더라면 어떻게 됐을까. 선미는 시간의 집을 다시는 찾을 수 없었을 테고, 엄마는 변함없이 세상을 떠났을 것이다. 시간의 집에 가지 않았더라면 엄마가 12월까지 버텨야 한다는 초조함으로 괴로워하는 일은 없었을 것이다. 자영이 당한 일에 답답해하지도 않았을 테고, 이수의 까칠함에 마음이 상하는 일도 없었을 것이다. 그저 엄마가 시들어 가는 모습을 두려움과 함께 견디고, 반 아이들을 무심하게 지켜보며 하루하루를 보냈을 것이다. 그 나날들 속에는 시간의 집에서 느꼈던 뭉클함과 친밀감은 존재하지 않았을 것이다.

마침내 선택의 날이 왔다. 엄마가 죽었으니 더 이상의 선택지는 없다고 생각했다. 이제 그 집에 가지 않아도 아쉬울 것이 없다고 생각했다. 하지만 선미는 선택을 하기로 했고, 어떤 문으로 들어갈지 마음을 정했다. 시간의 집이 수많은 아이들 중에서 이 네 명의 아이들을 고른 건 우연이 아닐 것이다. 그 집은 처음부터 알고 있었을지도 모른다. 운명이 이렇게 흘러가리라는 것을. 아이들이 이런 선택을 하리라는 것을.

선미는 하얀 운동화를 신었다. 그리고 잠시 뒤 세 개의 문 앞에 설 자신의 모습을 상상하며 현관문을 힘차게 열었다.

***

파란 대문을 닫자 익숙한 풍경이 자영을 에워쌌다. 낙엽이 흩어진 야외용 탁자도, 빨간 우체통도, 현관으로 이어지는 낮은 돌계단도 오늘로 모두 이별이다.

강민을 그렇게 몰아세웠다니. 강민이 없었다면 이 집에 머무르는 시간도 교실에 있을 때만큼 불편하고 힘들었을 것이다. 힘든 이야기를 털어놓은 사람을 그렇게 매몰차게 대하는 게 아니었다. 2층으로 올라가기 전에 강민에게 반드시 사과해야 한다.

자영은 차가운 바람을 한껏 들이마시며 마지막으로 시간의 집을 올려다봤다. 이 집은 자신이 불행하다고 여기는 아이들을 언젠가 또다시 맞아 줄 것이다. 새로운 멤버들은 의심과 불안, 그리고 희망으로 가슴을 두근거리며 하얀 운동화를 신고 돌계단을 오를 것이다.

지금보다 행복한 삶을 꿈꾸며.

오늘, 자영은 선택을 해야 한다. 이제 자신만을 위한 선택을 할 수는 없다. 자영은 이미 마음을 정했다. 자신의 선택이 옳은지 조금은 불안하지만 이제 예전처럼 두렵지 않다. 모두가 걱정해 준 만큼 씩씩하게 일어설 것이다. 아무도 자신을 괴롭히게 내버려 두지 않을 것이다. 자영은 돌계단을 올라 현관문을 열었다.

***

강민은 한참 전부터 거실에서 아이들을 기다리고 있었다. 텔레비전 위에 붙은 요란한 플랜카드에 자꾸만 눈길이 갔다. 플랜카드에 웃음이 나오다가도 멤버들에 대한 기억을 잃는다고 생각하면 코끝이 시큰거렸다. 한편 이런 생각도 들었다. 3년 전, 소망 노트에 힘든 일을 겪는 사람들을 돕고 싶다고 쓰지 않았다 해도 지금처럼 멤버들과 잘 지낼 수 있었을까. 그런 소망을 쓰지 않았다면, 자신은 그 아이를 괴롭혔을 때처럼 여전히 못된 아이가 아니었을까. 선택한 문으로 들어간 뒤에는 또 어떤 모습이 되어 있을까.

자영이 거실에 나타났다. 하고 싶은 말이 있는 듯 강민을 보고 안절부절못했다. 자영의 말을 듣지 않아도 강민은 자영의 마음을 느낄 수 있었다. 강민이 플랜카드를 가리키자 자영이 풉, 웃음을 터뜨렸다. 선미도 곧이어 나타났다. 선미는 플랜카드를 보자마자 얼굴을 찡그렸다.

"저건 또 뭐야?"

"아저씨가 달았나 봐. 진짜 웃기지?"

"경축, 선택의 시간. 우리는 여러분이 자랑스럽습니다. 시간의 집 임직원 일동?"

선미가 고개를 절레절레 흔들었다.

"저 플랜카드, 지금까지 몇 번이나 써먹었을까?"

"천이 반짝반짝한 걸 보니 새것 같은데?"

자영이 물었다.

"이수가 저걸 봤으면 뭐라고 했을까요?"

선미가 말했다.

"당연히 욕했을 것 같은데?"

강민이 말했다.

"욕만 했겠어? 잡아뜯어 버렸을지도 몰라."

아이들의 쓸쓸한 웃음이 이수의 빈자리에 내려앉았다. 강민이 요란하게 한숨을 쉬었다.

"와, 너무 떨려서 기절할 거 같아."

"처음도 아니면서. 경험자가 왜 이러서?"

자영이 울상을 지었다.

"저도 떨려요. 아침부터 화장실에 몇 번이나 갔는지 몰라요."

선미가 자영의 손을 잡았다.

"오늘이 마지막이라니 믿을 수가 없네. 이날이 진짜 오다니."

강민이 말했다.

"다들, 정말 고생 많았어."

아이들은 서로의 얼굴을 가만히 바라보았다. 마음에 깊이 새기려는 듯이.

다섯 시가 되자 계단을 내려오는 발걸음 소리가 들렸다. 두 사람을 처음 만났을 때처럼, 할머니는 남자의 왼팔을 잡은 채 거실로 들어왔다. 남자가 과장된 손짓으로 플랜카드를 가리켰다.

"어떠니? 이번에 새로 만들었어."

할머니는 못마땅한 얼굴이었다.

"난 끝까지 반대했다."

"거참, 긴장을 조금이라도 덜어 줄 수 있으면 그걸로 충분하다니까요."

강민이 말했다.

"재밌었어요. 다 같이 웃었어요."

"장난스러워 보여도 진심이야. 규칙을 엄수하고 서로를 보듬으며 이 자리까지 온 너희들이 난 진심으로 자랑스럽거든."

선미가 손을 들었다.

"오늘은 미키 옷 안 입으셨네요?"

남자는 깔끔한 진회색 슈트 차림이었다. 미키마우스는 어디에도 보이지 않는다. 링 귀걸이도 사라졌다. 남자가 어깨를 으쓱했다.

"마지막 날이니 점잖게 입으라고 누가 하도 잔소리를 해서. 안 어울리지?"

자영이 말했다.

"아뇨. 훨씬 멋있어요."

할머니가 자영에게 윙크를 보냈다. 남자는 떨떠름한 얼굴로 헛기침을 했다.

"지난번에 얘기했던 대로 지금부터 한 명씩 나와 함께 2층으로 올라간다. 왼쪽에는 두 개의 문이, 오른쪽에는 한 개의 문이 있다. 너희의 선택을 말하면 어떤 문으로 들어가야 하는지 가르쳐 주마. 소망 노트에 소망을 적은 뒤, 그 문으로 들어가면 끝. 갈아 신을 신발은 가져왔지?"

아이들은 각자 자신의 발치를 내려다봤다. 세 명 모두 작은 쇼핑백에 예전에 신던 신발을 넣어 왔다. 남자는 아이들의 얼굴을 찬찬히 들여다봤다.

"이 세상에는 돌이킬 수 없는 것들이 꽤 많다. 막 세상에 태어난 아이, 누군가에게 했던 모진 말, 사랑하는 사람의 죽음, 그리고 시간. 신조차도 사람이 살아가는 시간을 움직일 수는 없다. 그런 일을 할 수 있는 건 오직 이 집뿐이지. 단 한 번뿐인 이 놀랍고 엄청난 기회를 너희는 과연 어떻게 쓸까. 자신을 위해서? 아니면 가족이나 친구를 위해서? 너희가 어떤 선택을 하든 지금보다 더 행복해지길 바란다. 이 집이 너희에게 정말로 선물해 주고 싶었던 건 미래나 과거에서 삶을 새롭게 시작하는 기회가 아니라 바로 행복일 테니까. 자, 누구부터 올라갈래?"

강민이 굳은 얼굴로 소파에서 일어났다. 모두가 강민을 따라 계단 쪽으로 걸었다. 강민이 남자와 할머니를 바라봤다.

"기회를 주셔서 감사합니다. 그것도 두 번씩이나."

남자가 눈썹을 추켜올렸다.

"멤버들에게 다 털어놓은 모양이지? 쉽지 않았을 텐데."

강민이 슬프게 웃었다. 그리고 자영과 선미에게 몸을 돌렸다.

"애들아, 진짜진짜 마지막이네!"

자영은 고개를 들 수가 없었다. 강민의 얼굴을 보기만 해도 울음이 터질 것 같다. 선미가 말했다.

"고마워, 김강민. 네가 없었으면 지금 이 순간까지, 서로 이름조차 몰랐을지도 몰라."

강민이 웃음을 터뜨렸다.

"미안. 내가 좀 나댔지?"

선미는 도저히 웃음이 나오지 않았다.

"미안했고, 고마웠고, 좋은 선택하길 바랄게."

"우리, 꼭 다시 만나자."

선미는 고개를 떨어뜨렸다. 강민이 자영의 어깨에 두 손을 얹었다.

"자영아, 이제 씩씩해지는 거야. 알았지?"

"지난번엔…… 정말 죄송했어요. 오빠한테 그러는 게 아니었는데. 우리한테 정말 잘해 줬는데. 어떤 문을 선택하든 잊지 마세요. 오빠는 좋은 사람이에요."

강민이 힘차게 고개를 끄덕였다. 남자가 말했다.

"이제 갈까?"

강민은 뒤돌아보지 않으려 애쓰며 남자를 따라 2층으로 올라갔다. 왼쪽 벽에 나무로 된 작은 협탁이 붙어 있고, 협탁 위에는 두툼한 노트가 펼쳐져 있다.

강민은 종이가 누르스름하게 바랜 오래된 노트를 내려다보며 죄책감으로 가득한 채 노트에 소망을 끼적이던 어린 소년의 모습을 상상했다. 남자는 강민의 마음을 눈치챈 것 같았다.

"네 표정이 그때보다 밝아서 우리는 아주 기쁘단다. 네 선택을 말해 줄래?"

강민은 남자에게 말한 뒤 노트 옆에 놓인 만년필을 들고 자신의 소망을 적었다.

"하얀 운동화는 협탁 옆에 벗어 두고 신발을 갈아 신어라."

남자는 협탁 서랍에서 스티커를 꺼내 강민이 신었던 하얀 운동화에 붙였다.

"지금부터 이 운동화는 효력 상실이야."

"미키 스티커네요?"

남자가 씩 웃었다.

"절대 포기 못 하지."

남자는 왼쪽 두 번째에 자리 잡은 현재의 문을 가리켰다. 강민은 남자에게 고개를 숙여 인사한 뒤, 문 앞에 섰다. 그 안으로 들어가면 이곳에서의 기억은 모두 사라지겠지만, 멤버들과 나누었던 웃음과 따스함은 가슴에 남을 것이다. 자영의 이야기를 들으며 머리가 아팠을 때처럼, 자영과 선미, 이수를 만나면 느낌이 올 것이다. 머리가 얼마나 아프든 상관없다. 강민은 그런 신호가 또다시 자신을 찾아오길 기도하며 두 번째 문을 열었다.

남자가 계단을 내려오자 선미가 초조하게 발을 굴렀다.

"와, 생각보다 무지 떨리네. 자영아, 네가 먼저 올라가는 게 낫겠어. 여기 혼자 남으면 더 긴장되지 않을까?"

"네, 언니. 그럴 것 같아요."

선미가 자영의 손을 힘차게 잡았다.

"우리나라 엄청 좁잖아. 내가 너희들 다 알아볼 테니까 걱정하지 마! 그때는 집에만 갇혀 있지 말고 여기저기 신나게 돌아다니자."

자영이 선미를 와락 껴안았다. 선미가 자영의 귓가에 속삭였다.

"잘 가, 자영아."

자영은 계단을 올라가면서도 몇 번이나 선미를 돌아봤다. 선미는 그때마다 눈물을 참으며 힘차게 손을 흔들었다. 자영이 자신의 선택을 말하자, 남자는 뜻밖이라는 표정을 지었다.

"그래? 참 좋은 선택을 했구나."

"정말요?"

남자는 몇 번이나 고개를 끄덕였다.

"네가 진심으로 자랑스럽다. 이제 소망을 쓰렴."

손이 하도 떨리는 바람에 만년필을 쥔 손을 몇 번이나 멈춰야 했다. 자영은 협탁 아래 놓인 강민의 하얀 운동화를 가리켰다.

"저도 여기에 벗으면 돼요?"

시간을 건너는 집

"아니, 너는 그대로 신고 가렴."

"네?"

"하얀 운동화를 신고 문으로 들어가야 이곳에 대한 기억을 간직할 수 있어. 다만 이 집은 더 이상 보이지 않을 거다. 그리고 이곳에 대한 이야기는 영원히 비밀로 해 주어야겠지. 어딘가에서 우연히 선미와 강민을 만난다 해도."

"그럼 이수도 기억을 잃지 않는 건가요? 저희 둘 다요?"

"그래. 이건 아주 특별한 경우인 만큼 반드시 비밀을 지키겠다고 약속해야 해. 네가 비밀을 발설하는 순간, 엄청난 혼란이 생길 거다. 널 믿어도 되겠니?"

"네, 약속할게요."

남자는 자영의 어깨를 다정하게 붙잡고, 강민이 들어갔던 문으로 이끌었다.

"그냥…… 안으로 들어가면 되나요?"

"그래. 네 방으로 들어가듯. 두려워하지 마라. 넌 용감한 아이잖니."

자영은 숨을 고르며 문고리를 조심스레 쥐었다. 아이들을 다정하게 품어 준 이 집을 향해 마음속으로 말했다. 자신과 이수가 잘 헤쳐 나갈 수 있게 도와 달라고, 강민과 선미를 꼭 다시 만나게 해 달라고. 그리고 나를 선택해 주어서 정말로 고맙다고.

자영을 보낸 남자는 춤을 추듯 가볍게 계단을 내려왔다. 선미

는 할머니와 함께 남자를 올려다봤다. 남자는 계단을 다 내려오
기도 전에 신나게 외쳤다.

"드라마틱한 사 개월이었지?"

"이수를 생각하면 마음이 안 좋아요."

"스스로 선택할 수 있는 기회는 잃었지만, 우리는 혼자 살아
가는 게 아니잖니?"

선미는 할머니에게 몸을 돌렸다.

"그동안 감사했어요. 어느 문으로 들어가도 할머니가 만드신
음식들은 절대로 못 잊을 거예요."

할머니가 선미를 끌어안았다. 선미는 할머니의 어깨에 얼굴
을 묻었다. 엄마를 살리지 못한 아쉬움과 멤버들과 헤어진 슬
픔에 결국 눈물이 터졌다. 선미가 울음을 그칠 때까지 할머니는
선미의 등을 부드럽게 토닥였다.

2층에 올라온 선미는 텅 빈 복도를 멍하니 바라봤다. 강민과
자영이 떠났다는 사실을 다시 한번 실감할 수 있었다.

"어머님 일을 도와주지 못해 미안하구나."

"제가 하얀 운동화를 받은 건 당연히 엄마 때문이라고 생각했
어요. 하지만 지금은 그게 아닐지도 모른다는 생각이 들어요."

"너의 선택은?"

"저는 미래로 가겠어요."

"어머님과 멤버들이 정말 기뻐하겠구나."

선미는 만년필을 들고 노트에 소망을 적었다. 협탁 밑에는 강민의 하얀 운동화만 놓여 있었다. 왜 자영의 운동화는 없는지 선미는 굳이 묻지 않았다.

선미가 신발을 갈아 신자 남자는 선미의 하얀 운동화에도 스티커를 붙였다. 선미는 남자가 가리킨 오른쪽 문 앞에 섰다. 그리고 남자를 향해 고개를 돌렸다. 남자는 마지막 멤버를 향해 다정하게 손을 흔들어 주었다.

문을 열자마자 눈을 뜰 수 없을 정도로 밝은 빛이 온몸을 감쌌다. 선미는 눈을 꼭 감은 채 힘차게 발걸음을 내디뎠다. 두려움은 조금도 느낄 수 없었다.

이 집이 모두를 도와줄 테니까.

***

남자와 할머니는 와인 잔을 부딪쳤다.

"이번 애들은 유난히 착했어요."

"그러게. 10년 전에 왔던 애들은 도대체 어떻게 찾았는지 우리 와인까지 홀랑 마셔 버렸잖아."

"운동화 도둑맞았던 애 기억나세요? 멤버도 아닌 애가 갑자기 이 집에 들어오는 바람에 난리도 그런 난리가 없었죠."

두 사람은 지난 일을 추억하며 한동안 웃음을 멈추지 못했다.

할머니는 너무 웃는 바람에 맺힌 눈물을 티슈로 톡톡 두드렸다.

"내가 이 자리에 언제까지 있을지 모르겠네."

"그건 저도 마찬가지죠. 이제 나이가 들었는지 아까 계단을 오르락내리락하는데 무릎이 아파 죽는 줄 알았다니까요."

"나도 한창 풋풋할 때 그 애들처럼 하얀 운동화를 신고 이 집에 들어왔지. 어떤 문도 선택하지 않았다고 해서 여기에서 아이들을 돌보게 될 줄은 꿈에도 몰랐어."

"저도 그래요. 옛날 일을 생각하면 무슨 배짱이었나 싶어요. 정가고 싶은 곳이 없으면 그냥 현재의 문으로 들어가면 되는데."

"현재도 그만큼 괴로웠던 거 아니겠나."

남자는 2층에서 가져온 하얀 운동화 두 켤레를 가만히 바라보았다.

"언제가 될지는 아무도 모르겠지만, 우리 후임은 이번 멤버들 중에서 뽑을까 봐요. 어차피 두 켤레는 회수도 못 했잖아요."

"나도 그 생각을 했는데."

두 사람은 또다시 웃음을 터뜨렸다. 할머니가 말했다.

"이제 슬슬 가 볼까?"

남자는 하얀 운동화 두 켤레를 들고 자리에서 일어났다. 두 사람은 다정하게 팔짱을 낀 채 계단을 올랐다.

언젠가 찾아올 새로운 아이들을 기다리며.

시간을 건너는 집

4년 뒤

　똑같은 교복을 입은 아이들이 교문 안으로 앞다투어 들어간다. 아침에 일어날 때까지만 해도 아무렇지 않았는데 막상 학교 앞에 서자 손바닥이 축축해진다. 4년 만에 다시 입은 교복이다. 엄마가 새 교복을 두 번이나 다시 다린 탓에 내 교복만 더욱 새것 티가 나는 것 같다. 나는 애꿎은 형에게 괜히 성질을 부린다.

　"여긴 뭐 하러 왔어?"

　"너 학교 들어가는 거 보려고 왔지. 얼마나 역사적인 날이냐?"

　"장난하나. 내가 초딩이야?"

　형이 팔꿈치로 내 옆구리를 장난스럽게 찌른다.

　"야! 난 그럴 자격 있지 않냐?"

　형이 없었더라면 중학교 검정고시도 통과하지 못했을 것이다. 그 안에서 공부를 해 보겠다는 마음은 결코 품지 않았을 것이다. 내가 세상과 동떨어져 지내는 동안, 형은 일주일에 두 번씩 꼬박꼬박 나를 찾아왔다. 원생들을 위한 교육 봉사가 그 이유였지만, 형은 유독 나에게 친절하고 다정했다. 하지만 나는 알 수 있었다. 형이 나를 전혀 기억하지 못한다는 걸.

형의 기억을 가늠해 보려고 이렇게 물은 적도 있다.

-그러니까 어떤 신발을 신으면 현재의 문, 과거의 문, 미래의 문을 선택해서 들어갈 수 있어. 형은 어디로 갈래?

형은 잠시 생각하더니 이렇게 대답했다.

-글쎄, 어디서 들어 본 얘기 같은데. 그런 웹툰이 있었나? 아니다, 드라마였나?

나는 가끔 생각에 잠긴다. 기회를 잃어버리지 않았다면 과연 어느 문을 선택했을까. 그리고 다른 멤버들은 어떤 선택을 했을까. 쉽지 않은 문제다. 그때도 그랬다. 나는 형이 무언가를 떠올리기를 기대했지만, 형은 머리가 아픈 듯 얼굴만 찡그렸다. 나는 더 이상 묻지 않았다. 날 기억하든 못 하든 상관없다. 내가 기억하고 있으니까. 그걸로 충분하다.

시간을 건너는 집

"이제 가. 나 들어가게."

"같이 가 줄게. 어디로 가는지 알아?"

"아, 진짜 쪽팔리게. 교무실로 가면 될 거 아냐. 빨리 안 가?"

형이 울상을 짓자 안 그래도 처진 눈꼬리가 더욱 아래로 내려
간다.

"정말 괜찮겠어?"

나는 고개를 끄덕인다. 형이 내 어깨를 꽉 붙잡고 듣고 싶었
던 말을 해 준다.

"내가 늘 도와줄게. 다 잘될 거야."

***

오른쪽 주머니에 든 딱딱한 호두를 굴리며 교무실을 찾아 복
도를 걷는다. 긴장한 나와 달리 여유로운 얼굴을 한 아이들이
나를 지나쳐 간다. 반 애들은 나에 대해 얼마나 알고 있을까. 자
기들보다 나이가 많다는 걸 알까. 다른 곳에 가 있었던 동안 그
애보다도 겁이 많아졌다는 생각이 든다.

나는 교무실로 들어가 주위를 두리번거린다. 선생님들은 부
스스한 얼굴로 책상에 앉아 있고, 단정하게 차려입은 젊은 여자
들이 곳곳에 서 있다. 아무도 문가에 우두커니 선 남학생에게
눈길을 주지 않는다. 하는 수 없이 가장 가까운 곳에 앉은 선생

님에게 말한다.

"새로 왔는데요. 교무실부터 들르라고 해서."

"몇 반?"

"1학년 4반요."

"박 선생님!"

창문가에서 엄마와 나이가 비슷해 보이는 선생님이 손을 흔든다. 선생님 옆에도 깔끔한 정장을 입은 젊은 여자가 서 있다. 머릿속이 하얘진다. 나는 놀란 얼굴로 그 여자를 쳐다본다. 긴 생머리가 어깨까지 오는 파마머리로 바뀌었고, 예전보다 화장이 진해졌지만 그 얼굴을 한눈에 알아본다.

그 형을 알아봤던 것처럼.

정신이 아득해져서 담임 선생님이 하는 이야기가 귀에 들어오지 않는다. 나는 지난 일을 되짚고, 흩어진 퍼즐을 간신히 끼워 맞춘다. 겨우 정신을 차렸을 때는 선생님의 이야기가 끝나 있다.

"김 선생이 교실까지 데려다줘요."

젊은 선생님이 내 어깨에 손을 얹고 교무실 밖으로 이끈다. 그리고 복도를 걸으며 여전히 똑 부러지는 목소리로 말한다.

"너도 첫날이지? 나도 그래. 사범대 3학년이라 교생 실습 나왔거든. 이런 얘기 하면 기분 상할지도 모르겠는데 담임 선생님한테 네 얘기 들었어. 지난 일은 훌훌 털어 버리고 즐겁게 지내자. 담임 선생님한테 말하기 힘든 고민이 있으면 무조건 나를 찾아와. 알겠지?"

함께 걷는 복도로 따스한 햇살이 쏟아진다. 그 집의 거실에 비치던, 마당의 탁자에 비치던 햇살이 떠오른다. 차마 할 수 없는 질문들이 머릿속을 메운다. 마지막 겨울은 어땠냐고. 다 함께 눈사람은 만들었냐고, 크리스마스는 즐거웠냐고, 혹시 나 때문에 분위기가 칙칙하지는 않았냐고, 그랬다면 정말로 미안하다고. 하지만 나는 전혀 다른 말을 묻는다.

"교생이면…… 여기 얼마나 있는데요?"

"한 달."

선생님이 내 표정을 보고 웃음을 터뜨린다.

"넌 만나자마자 헤어질 생각을 하니? 친해지면 따로 연락하고 지내면 되지. 뭐가 걱정인데?"

교실로 들어가기 직전, 복도 저쪽에서 여자아이 세 명이 서로의 팔짱을 낀 채 걸어온다. 햇살 속으로 아이들의 웃음소리가 밝게 흩어진다. 가운데 있는 아이는 내가 신은 운동화와 똑같은 운동화를 신었다. 4년 전보다 키가 살짝 자랐고, 단발머리는 길게 길러 하나로 묶었다.

무엇보다, 여자아이는 이제 행복해 보인다.

여자아이가 친구들의 팔짱을 풀고 걸음을 멈춘다. 우리를 향해 웃으며 살짝 손을 흔든다. 그 웃음과 손짓에 너무나 많은 이야기가 담겨 있다. 선생님이 여자아이를 보고 눈을 가늘게 뜬다.

"아는 친구니?"

누나가, 아니, 선생님이 묻는다.

"네, 제일 친한 친구요."

형의 말이 맞다.

나는 잘될 것 같다.

시간을
건너는 집

| 창작 노트 |

『시간을 건너는 집』 창작 노트

『시간을 건너는 집』이 출간된 지 5년 만에 새로운 표지로 옷을 갈아입게 되었습니다. 그동안 이 책에는 많은 행운들이 함께했습니다. 처음으로 쓴 청소년 소설인 만큼 저는 제목을 읊조리기만 해도 마음이 애틋해집니다. 독자님들의 분에 넘치는 사랑을 받아 작가로서 무척 행복했습니다. 검증되지 않은 작가를 믿어 주시고 소설이 꾸준한 사랑을 받을 수 있도록 애써 주신 사태희 대표님께 이 자리를 빌어 다시금 감사드립니다.

『시간을 건너는 집』은 인터넷 서핑을 하다 우연히 보게 된 한 장의 그림에서 시작되었습니다. 낡은 구두 한 켤레를 그린 그림 밑에 이런 구절이 있었습니다. '이 구두를 신으면 과거와 현재와 미래 중 한 곳을 선택해 갈 수 있습니다. 당신은 어디로 가시겠습니까?' 그 이미지는 한동안 제 머릿속을 떠나지 않았고, 당

시에 마음을 어지럽히던 감정들과 한데 어우러지기 시작했습니다. 큰 병을 앓던 친구를 떠나보내며 느꼈던 무력감, 어린 자녀를 학대한 게임 중독자 아버지에 대한 기사를 읽으며 느꼈던 분노, 사회면을 꾸준히 장식하는 잔인한 학교 폭력 사건들까지. 『시간을 건너는 집』은 도저히 외면할 수 없는 감정들이 모여 조금씩 지어지기 시작했습니다.

 이 책을 펴낸 뒤 다양한 곳에서 수많은 청소년들을 만났습니다. 우리 사회에는 '시간의 집' 같은 안식처가 필요한 청소년들이 여전히 존재하며, 그럼에도 그들은 너무나 반짝이고 아름답습니다. 청소년들을 마주할 때마다 그들에 대한 애정과 다정한 시선을 간직한 채 그들 편에서 세상을 바라보는 작가가 되어야겠다고 다짐합니다.

 이 세상은 절대로 호락호락한 곳이 아니기에 어떤 파도가 우리를 덮칠지 알 수 없지만, '시간의 집'에 모인 아이들처럼 어떤 고난 속에서도 사람은 사람을 통해 위로받을 수 있습니다. 여러분의 여정에도 따뜻한 누군가가 함께하기를, 그리고 여러분도 또 다른 이의 버팀목이 될 수 있는 무한한 힘을 지닌 존재임을 기억해 주시면 좋겠습니다.

김하연

시간을 건너는 집

ⓒ 김하연, 2020

초   판 1쇄 발행일 | 2020년 11월 25일
개정판 1쇄 발행일 | 2025년 4월 20일

지은이 | 김하연
펴낸이 | 사태희
편   집 | 박선규 · 책임편집 | 정미리
디자인 | 김경미
마케팅 | 장민영
제   작 | 이승욱 이대성

펴낸곳 | (주)특별한서재
출판등록 | 제2018-000085호
주 소 | 08505 서울시 금천구 가산디지털2로 101 한라원앤원타워 B동 1503호
전 화 | 02-3273-7878
팩 스 | 0505-832-0042
e-mail | info@specialbooks.co.kr
ISBN | 979-11-6703-162-4 (43810)